Collection du Bibliophile français

LA
LISETTE
DE BÉRANGER

Souvenirs intimes

PAR

THALÈS BERNARD

Eau-forte par G. STAAL

PARIS

LIBRAIRIE DE Mᵐᵉ BACHELIN-DEFLORENNE

RUE DES PRÊTRES-SAINT-GERMAIN-L'AUXERROIS, 14

Au premier, près la place de l'École

M DCCC LXIV

LA

LISETTE

DE BÉRANGER

A MONSIEUR

ERNEST LEGOUVÉ,

Membre de l'Academie française.

Dédié par l'Auteur.

Paris. — *Imprimé chez Bonaventure, Ducessois et Cie,*
55, quai des Augustins.

Imp. Ch. Chardon aîné.

THALÈS BERNARD.

LA

LISETTE

DE BÉRANGER

SOUVENIRS INTIMES

Eau-forte par G. STAAL.

PARIS

LIBRAIRIE DE Mᵐᵉ BACHELIN-DEFLORENNE

Rue des Prêtres-St-Germain-l'Auxerrois, 14.

MDCCCLXIV

LA
LISETTE
DE BÉRANGER

I

Vers le milieu de la rue Montorgueil, en face des voitures qui se croisent et des passants qui se heurtent, s'élève une vieille auberge, décorée du nom pompeux d'*Hôtel Saint-Christophe;* mais cette dénomination n'est pas très-ancienne ; elle remonte à trente ans environ, et auparavant l'hôtel avait pour enseigne : *Au Roi d'Yvetot.* Ici, vous pensez tout de suite à Béranger. Moi, je pense à sa Lisette, qui naquit par hasard dans cet hôtel, un jour que sa mère y était

net de son chef de cuisine ; il vivra parce
que la Lisette de Béranger y est née, parce
que le grand poëte n'a pas dédaigné de
s'asseoir quelquefois à ses tables rustiques.

J'eus l'honneur d'y figurer en face de lui,
sur son invitation, au mois d'avril 1844, et,
dans un joyeux déjeuner, le poëte m'entre-
tint avec discrétion de sa compagne fidèle,
de celle qui fait l'objet de ce travail, la Lisette de Béranger.

I I

Tous les poëtes n'ont pas eu une Lisette,
mais tous les poëtes ont eu leur idéal, leur
bien-aimée, qui ne fut jamais leur femme
légitime, et qui leur inspira les chants les
plus mélodieux. Dans l'antiquité, Tibulle
célèbre sa Délie, Properce exalte la belle
Cynthie, et Horace, cet épicurien superfi-
ciel, arrive bien jusqu'à la demi-douzaine.
S'il n'y a pas chez ces trois poëtes la dépra-
vation monstrueuse d'Anacréon qui chante
son Bathylle, pourtant leur amour est en-

core trop sensuel, et l'on voit que la beauté
physique les intéresse beaucoup plus que
celle de l'âme.

Le christianisme, en tirant la femme de
son infériorité morale, eut sur la poésie une
influence considérable. A mesure que l'a-
mour s'épurait, la femme s'élevait. Les in-
vocations à la Vierge, considérée comme le
type de toute pureté, donnaient le ton à la
poésie lyrique ; et, en effet, dans la Laure
de Pétrarque, dans la Béatrice de Dante,
on voit un caractère semi-divin, un être
fantastique, intermédiaire entre le poëte et
Dieu, et destiné à purifier le premier ; mais,
pour ne pas trop condamner les poëtes qui
ont eu un idéal moins relevé, il ne faut pas
oublier que, chez les écrivains du moyen
âge, ce culte de la beauté était purement
théorique. Pétrarque vivait entouré d'enfants naturels, et Dante n'était fidèle ni à
Béatrice, son type d'élection, ni à Gemma,
son épouse devant Dieu et les hommes.

Lorsque la piété du moyen âge eut perdu

son caractère mystique , lorsqu'on commença davantage à considérer la vie dans
sa réalité, les poëtes ne firent plus de leurs
maîtresses des êtres divins. Ainsi, la Char-
lotte de Werther n'est qu'une bonne ména-
gère, qui coupe du pain en tartines avec
une grâce ineffable, si l'on en croit le poëte,
mais qui n'a aucune prétention à l'apo-
théose. Dans les *Méditations* de Lamartine,
le type d'Elvire est si effacé qu'on ne sait
trop si c'est une femme ou une ombre.
George Sand essaya de reconstituer le caractère féminin, en créant sa Lélia, une
amoureuse qui a le poignet solide, et qui
entraîne ses amants au balcon pour leur
faire admirer la splendeur des étoiles. Vain
effort ! Il y avait dans ce type, malgré sa
poésie apparente, quelque chose de faux et
de ridicule qui le condamnait à la mort.
Aussi, à partir de là, la femme disparaît ou
s'altère de plus en plus dans la création
poétique. Il se forme deux courants d'idées :
l'un, panthéistique, représenté par Laprade,

ne contient pas un seul chant en l'honneur
de la femme; l'autre est créé par les bohè-
mes; on n'entend plus parler que de filles
de marbre, de dames au camélia, de Mu-
settes; la vie de l'orgie est exaltée, et le ni-
veau de la poésie baisse en même temps que
celui de l'intelligence.

Béranger marque le milieu de cette pé-
riode, qui commence à l'idéal pour finir au
matérialisme. Sa Lisette, qui n'a guère de
rapport avec mademoiselle Frère, dont nous
parlerons tout à l'heure, est une création
imaginaire bien calquée sur les mœurs du
temps. C'est à peine si Béranger, dans quelques rares chansons, a frisé la grossièreté.
Il a bientôt laissé là les Frétillons et les
Margotons pour en revenir au type de Lisette, qu'il voulait dessiner et peindre au
complet, sans avoir la moindre idée de
représenter sa compagne réelle. Il a af-
fecté même d'établir une différence physique entre la Lisette de son imagination et sa maîtresse chérie. Voici comment

il s'exprime dans *la Vertu de Lisette :*

> Le barreau, l'Église et les armes,
> De ses yeux noirs font très-grand cas.

Or, tous les amis de Béranger savent que la vraie Lisette avait les yeux bleus, et certainement le poëte pensait intimement à elle lorsqu'il a dit, dans l'*Ange exilé :*

> Ange aux yeux bleus, protégez-moi toujours.

La Lisette idéale de Béranger, c'est une femme sans prétentions, comme son nom l'indique; c'est la grisette parisienne de 1820, travaillant la semaine dans sa mansarde, et, le dimanche, mettant une robe d'indienne et un joli bonnet pour s'en aller dîner à la butte Montmartre ou au pré Saint-Gervais. Elle a quelques vertus domestiques ; le poëte l'affirme dans sa chanson *A mon habit :*

> A ton revers j'admire une reprise ;
> C'est encore un doux souvenir :

> Feignant un soir de fuir la tendre Lise,
>   Je sens sa main me retenir.
>   On te déchire, et cet outrage
>   Auprès d'elle enchaîne mes pas.
> Lisette a mis trois jours à tant d'ouvrage :
> Mon vieil ami, ne nous séparons pas.

Mais si Lisette manie au besoin l'aiguille, elle sait que les toilettes sont chères et rehaussent un joli visage. Le sien est charmant, et ici le poëte n'a pas besoin de séparer la Lisette fictive de la Lisette réelle :

> Lise, qui règnes par la grâce
> Du Dieu qui nous rend tous égaux,
> Ta beauté, que rien ne surpasse,
> Enchaîne un peuple de rivaux.

Pour parer convenablement sa beauté, la Lisette de Béranger, même quand elle vient voir son ami dans son grenier de la rue de Bondy, met un châle et un chapeau, qu'elle doit à la libéralité d'un barbon.

> J'ai su depuis qui payait sa toilette,

s'écrie le chansonnier, sans jalousie ni rancune ; et, autre part, il raconte les infidélités de Lisette, qui prend même rosaire et bourdon pour mieux débaucher un abbé avec lequel elle sable le bourgogne et l'aï.

Nous croyons ici que le poëte, pour varier ses créations, altère un peu le type de la grisette tel qu'il existait sous la Restauration : car, si elles se passaient volontiers du maire, elles n'étaient point débauchées, ces sémillantes ouvrières qui remplissent les romans de Paul de Kock. Attachées à l'étudiant qu'elles avaient choisi, elles partageaient ses joies, ses chagrins, ses espérances et même ses instincts politiques. Béranger reconnaît ce fait et se montre fidèle à la vérité dans *le Pigeon messager* :

L'aï brillait et ma jeune maîtresse
Chantait les dieux dans la Grèce oubliés.

A mesure que les années marchent, que les folies de la jeunesse s'évanouissent, il faut que les créations du poëte prennent un ca-

ractère plus grave. En conséquence, le type
de Lisette s'épure, et il finit par devenir
identique avec la réalité :

> Vous vieillirez, ô ma belle maîtresse!
> Vous vieillirez, et je ne serai plus.
> Pour moi, le temps semble, dans sa vitesse,
> Compter deux fois les jours que j'ai perdus.
> Survivez-moi ; mais que l'âge pénible
> Vous trouve encor fidèle à mes leçons ;
> Et bonne vieille, au coin d'un feu paisible,
> De votre ami répétez les chansons.

Cette charmante poésie, où le cœur s'exprime avec tant de simplicité, n'est cependant pas originale, et elle a pour base un
sonnet de Ronsard, que nous allons citer,
d'abord parce qu'il n'est pas universellement
connu, et ensuite parce qu'étant inférieur
à la chanson de Béranger, il montre comment le génie s'empare d'une inspiration qui
lui convient, pour la transformer et lui donner une nouvelle vie :

> Quand vous serez bien vieille, au soir, à la chandelle,
> Assise auprès du feu, devisant et filant,

Direz, chantant mes vers en vous émerveillant :
Ronsard me célébrait du temps que j'étais belle.

Lors vous n'aurez servante, oyant telle nouvelle,
Déjà sous le labeur à demi sommeillant,
Qui, au bruit de mon nom, ne s'aille réveillant,
Bénissant votre nom de louange immortelle,

Je serai sous la terre, et, fantôme sans os,
Par les ombres myrteux je prendrai mon repos.
Vous serez au foyer une vieille accroupie,

Regrettant mon amour et votre fier dédain.
Vivez, si m'en croyez, n'attendez à demain,
Cueillez dès aujourd'hui les roses de la vie.

Ce sonnet, où l'on trouve une certaine grâce, gâtée par un style alambiqué, est évidemment le type de *la Bonne Vieille*. On voit par là ce qu'il faut entendre, chez les poëtes, par le mot originalité. Le poëte glane partout où cela lui convient; lorsqu'une idée est mal exprimée, il s'en empare, il la refait, et la lègue à la postérité sous son nom propre, en dépit des clameurs qui s'élèvent. Saurait-on aujourd'hui que les Horace se sont battus pour Rome, si la tragédie de Corneille n'existait point? Non, on ne le saurait pas, puisque l'historien Tite-Live lui-même ignore si c'étaient les Horace ou les Curiace qui défendaient Rome. Le génie de Corneille a décidé la question.

On pourrait, si l'on voulait examiner les chansons de Béranger à ce point de vue, constater que bien des éléments divers ont contribué à former le poëte. Avant lui, on avait chanté le vin et l'amour, et Lise, la grisette, a plus d'une parenté avec les soubrettes de notre ancien théâtre, dont elle possède du moins la vivacité. Mais qu'importe que Béranger n'ait créé ni le nom de Lisette, ni ses qualités, ni ses défauts! il a revêtu le type d'une forme définitive, et personne ne refera jamais la Lisette de Béranger.

III

La Lisette que nous venons d'esquisser
n'a pour ainsi dire rien de commun avec
mademoiselle Judith Frère, l'amie de Béranger, née à Paris en 1777, dans la rue
Montorgueil, comme nous l'avons raconté
tout à l'heure. Elle perdit sa mère de trop
bonne heure pour la connaître, et le seul
bienfait apparent qu'elle reçut d'elle, après
celui de l'existence, fut une modique pen-
sion qui la préservât de manquer de pain et
l'empêcha d'être absolument ouvrière.

Elle connut un peu plus son père, qui exerça la profession de maître d'armes. C'était un homme grand, élancé, d'un esprit aventureux, s'occupant toujours de duels et plus disposé à faire battre les gens qu'à les pacifier.

Voici un incident pittoresque de la vie de M. Frère, que nous tenons de la bouche de mademoiselle Judith :

Il se battait en duel dans un enclos avec un mousquetaire de la reine. Une haie séparait les adversaires de la grande route. Entendant quelque bruit, les deux rivaux se retournèrent à demi et aperçurent des visages enfantins qui les regardaient par-dessus la haie. C'étaient les écoliers du village. Au bruit des épées, ils s'étaient arrêtés, le magister en tête, et tous attendaient le résultat du combat. Plus loin, un autre spectacle frappa les deux adversaires : au delà d'une rivière qui longeait la route, s'élevait une colline, et sur cette colline était arrêtée une procession qui marchait la bannière au vent, mais avait fait une halte pour contempler les duellistes. Ceux-ci, émus par la vue du prêtre, par le spectacle des figures roses qui les regardaient avec effroi, remirent l'épée au fourreau et rentrèrent amicalement à la ville.

Lorsque la grande révolution éclata, M. Frère ne put se contenir ; laissant sa fille aux soins d'une vieille cousine qui devait veiller sur ses douze ans, il rassembla quelques artistes, car il s'occupait de peinture aussi bien que d'escrime, les réunit à la salle d'Hercule au Louvre, et fut là, en 1792, nommé par acclamation lieutenant dans la compagnie des arts.

L'armée française étant parvenue dans les Pays-Bas, il joignit à son titre celui de commissaire en chef des sciences et arts du pays conquis, avec la mission d'expédier en France ce qu'il y avait de plus remarquable. Les bourgmestres des villes belges, ignorant qu'il maniait le pinceau aussi bien que l'épée, cherchaient à lui donner le

change dès qu'il pénétrait dans les musées;
mais il marquait les meilleurs tableaux à
la craie et les faisait enlever aussitôt, au
grand ébahissement des dignes magistrats.

Nous avons eu dans les mains sa commission, dont nous reproduirons le premier article, comme caractéristique des mœurs du
temps :

« Bruxelles, le 30 messidor, l'an II de
la république.

« Les représentants du peuple près l'armée du Nord.

« Art. 1er. Informés que, dans les pays
d'où les armées victorieuses de la république
viennent de chasser les hordes des esclaves
soldés par les tyrans, il existe des morceaux
de peinture et de sculpture et autres productions du génie; considérant que leur
véritable dépôt, pour l'honneur et le progrès
des arts, est dans le séjour et sous la main
des hommes libres, arrêtent ce qui suit... »

Cette pièce était signée Laurent Richard
et L.-B. Guyton. Le dernier n'est autre que

le fameux Guyton de Morveau, l'illustre chimiste connu par ses belles expériences sur la désinfection de l'air.

Mademoiselle Frère ne devait pas revoir son père. Il cessa tout à coup de donner de ses nouvelles. On voulut s'informer de lui ; mais, au milieu de la tourmente qui déchirait l'Europe, qu'était l'existence d'un individu isolé? On apprit seulement, dans les premières années de l'Empire, par le rapport d'un voyageur, qu'un militaire français du nom de Frère avait quelque temps habité Anvers; qu'un soir on avait vu se glisser chez lui trois hommes vêtus de longs manteaux noirs, et que depuis M. Frère n'avait pas reparu. Avait-il été victime d'une vengeance particulière? C'est ce qu'il est impossible d'affirmer.

Quoi qu'il en soit, mademoiselle Judith se trouvait à vingt ans maîtresse d'elle-même. Elle habitait chez une cousine qui logeait rue Notre-Dame-de-Nazareth. Elle avait une petite rente et travaillait à l'ai-

guille pour suppléer à ce qui lui manquait.
Plus tard, ses revenus s'étant élevés à
quinze cents francs par an, elle fut à même
de rendre quelques services à Béranger;
mais, en 48, elle se trouva ruinée par un
prêt imprudent, et ne touchait plus que
trois cents francs de rente.

Au point de vue physique, mademoiselle
Judith était une charmante personne, d'une
taille moyenne, aux yeux bleus, aux che-
veux blonds, avec une voix sympathique;
mais elle eut dans la suite une démarche
hautaine, qui venait peut-être de sa position équivoque vis-à-vis de Béranger. Elle
affectait la dignité, pour que les autres ne
la soupçonnassent pas d'en manquer.

A l'âge où je la vis, elle ne ressemblait
plus à la Judith de la rue Notre-Dame-de-
Nazareth; c'était une vieille demoiselle,
qui n'avait aucune prétention à la littérature, bien qu'elle se permît quelquefois de
donner son opinion et préférât le style de
Cousin à celui de Lamennais.

« Un tour blond foncé, frisé à l'anglaise ; un bonnet à barbes en dentelle, avec serre-tête en dessus ; une robe de soie gorge de pigeon, faite en douillette ; l'air imposant d'une personne qui se respecte et respecte ceux qui l'entourent ; les manières polies, la voix douce, le regard pénétrant, telle m'apparut mademoiselle Judith Frère, et telle je l'ai connue jusqu'à son dernier jour. »

C'est ainsi que parle M. Savinien Lapointe dans ses *Mémoires* sur Béranger. Depuis lors, l'éditeur Perrotin a fait graver le portrait de mademoiselle Judith ; mais n'eût-il point donné cette marque de pieux souvenir à une dame qui le méritait, nous aurions encore le portrait de la Lisette de Béranger. Par une étonnante singularité, un tableau de Domenico Feti, conservé au musée du Louvre, représente mademoiselle Judith, trait pour trait : on y voit une femme assise dans un paysage, et l'espèce de turban qu'elle porte rappelle la singu-

lière coiffure de la maîtresse du poëte, coiffure qu'elle avait adoptée pour se garantir
le cerveau des atteintes du froid. Il est vrai
qu'elle prétendait avoir des rhumatismes
dans la tête.

Malgré ses infirmités, elle paraissait moins
que son âge. Lorsque je fis sa connaissance,
en 1843, elle avait soixante-cinq ans, et
pourtant on lui en aurait à peine donné
cinquante.

Béranger et elle s'entendaient, à cet
égard, pour attraper le public : « Eh ! ma
chère, lui disait-il quelquefois, voilà vos
cinquante ans sonnés ! » Elle faisait sem-
blant de se récrier, elle prétendait que Béranger la vieillissait trop, et le tour était
fait ; car, en voyant le poëte rire à gorge
déployée, on croyait qu'il narguait sa vieille
amie, tandis qu'en réalité il se moquait de
ses auditeurs.

C'est que mademoiselle Judith avait fait
sur lui une impression profonde, autant par
son âme que par ses qualités physiques.

L'admiration pour sa jolie figure revient dans mille chansons, dans *la Bonne Vieille*, dans *Laideur et Beauté*, dans *Lisette*. Lui-même se croyait fort laid. Rappelez-vous ce qu'il disait de sa personne :

> Jeté sur cette boule
> Laid, chétif et souffrant.

Dans un autre endroit, il s'écrie :

> Grand Dieu ! combien elle est jolie !
> Et moi je suis, je suis si laid.

Mais c'était chez Béranger une modestie sincère ou affectée ; car, s'il avait dans le bas de la figure quelque chose de commun, si sa bouche, étonnante d'esprit, approchait de celle du satyre et indiquait la grossièreté populaire, ses yeux étaient magnifiques, tour à tour tendres et flamboyants, et donnaient à sa physionomie un caractère souvent sublime.

Il serait indiscret de détailler comment

les yeux de Béranger s'entendirent avec
ceux de mademoiselle Judith, et de raconter
les incidents de leur liaison ; bornons-nous
à dire que mademoiselle Judith est avec lui
à Fontainebleau en 1834 ; elle le suit à
Tours, d'où ils reviennent en 1840 ; ils
vont à Fontenay-sous-Bois ; en 1841, ils
s'établissent à Passy, rue Vineuse ; en
1845, à Versailles ; le 20 mars 1846, ils
viennent demeurer au passage Sainte-Marie,
à Beaujon ; en septembre 1846, à Passy,
rue des Moulins ; en 1850, rue d'Enfer,
numéro 113, chez madame Meunier, une
maîtresse d'hôtel, qu'ils suivent, au mois de
juillet de la même année, rue Chateaubriand, numéro 5 ; enfin, en octobre 1854,
ils s'établissent rue de Vendôme ; et toujours mademoiselle Judith est avec lui,
toujours elle l'entoure de soins affectueux.

On pourrait croire que Béranger était
possédé, comme Beethoven, de la manie de
déménager, en le voyant ainsi changer de
domicile ; mais d'abord il faut remarquer

que, s'il quitta la rue Vineuse pour venir à Beaujon, c'est parce que sa propriétaire lui donna congé. Cela fit événement dans le pays.

Quoi ! la rue Vineuse allait perdre son Béranger ? C'était impossible. Le maire de Passy crut devoir se transporter chez la propriétaire pour lui exprimer son indignation.

Il était trop tard. On eut beau offrir à Béranger de ne pas lui faire subir l'augmentation dont il avait été menacé, on ne réussit point à le calmer : *genus irritabile vatum*, et le poëte quitta Passy pour Beaujon.

Du reste, ce n'était pas par plaisir que Béranger se transporta ensuite d'une demeure dans une autre ; il obéissait, en cela, moitié au besoin de fuir ceux qui l'importunaient, moitié à l'impulsion de mademoiselle Judith, qui avait des rhumatismes au cerveau, comme je l'ai dit, et qui se trouvait plus mal dans chaque maison nouvelle.

Cette excellente personne avait raison
jusqu'à un certain point; car on peut affirmer qu'à partir de la rue Vineuse, la fortune de Béranger subit des éclipses succes-
sives.

La révolution de 1848 ruina à moitié le
poëte, qui finit par se retirer rue de Vendôme, dans un appartement occupé jadis
par des domestiques.

Il n'était pas bien logé en ce lieu; les
chambres étaient petites, l'escalier sentait
le renfermé. Ce que mademoiselle Judith
aimait par-dessus tout, c'était une demeure
à la mode anglaise, une maison seule, que
Béranger se serait fort bien entendu à dé-
corer élégamment.

Sous sa main habile, son petit jardin de
la rue des Moulins avait pris une apparence charmante, grâce aux glycines, aux
volubilis, aux cobéas, aux pétunias qu'il
avait semés de tous côtés.

Dès qu'il m'apercevait du seuil de son
paradis : « Voyez, me criait-il, si je ne

m'entends pas aussi bien que votre mère à soigner les fleurs et les plantes? Voilà un paulownia dont on m'a fait cadeau; il m'a réussi admirablement.

— Ne vous vantez pas, mon cher Béranger, lui répondais-je, Lamennais a le pas sur vous; vous ne produisez que des fleurs, lui prétend faire naître des fruits. Il m'a souvent exposé son intention de se faire jardinier, en cas de besoin, et ses étonnantes théories sur la production des arbres fruitiers.

—Je doute, répliquait le chansonnier, que des fruits créés d'après le système de Lamennais vaillent jamais ceux que les vergers nous donnent abondamment et spontanément, pour parler le langage de votre ami Auguste Comte. »

Il fallait deux choses à Béranger : de l'air et de la solitude. Lorsqu'il alla habiter rue d'Enfer, son cabinet de travail se trouvait trop étroit; il fit pratiquer dans la muraille un vasistas en tôle, qui faisait courant d'air avec la fenêtre, et il l'ouvrait en toute saison, de sorte qu'il rafraîchissait singulièrement ses visiteurs.

Lamennais, au contraire, avait toujours froid. Une cheminée à la prussienne, placée au milieu de sa chambre, y entretenait une chaleur rouge qui vous faisait sortir les · yeux de la tête.

Si Béranger et mademoiselle Judith pouvaient trouver à se loger commodément sans trop de frais, il leur était moins facile de se procurer la solitude comme ils l'entendaient, c'est-à-dire une retraite loin de la foule, où ils pussent recevoir tout leur monde, car *solitude* ne signifiait pas pour eux *abandon*. Les événements se chargèrent de servir Béranger au delà de ses desseins.

Lorsque la révolution de 1848 eut produit une scission entre les divers partis de la démocratie, jusqu'alors confusément mêlés, les vieilles idoles se trouvèrent subitement déplacées, et Béranger eut sa part du choc.

Il n'avait pas, comme on sait, d'idées po-

litiques très-arrêtées. De même que sa foi
religieuse consistait en une vague opposition aux croyances constituées, de même sa
foi politique avait un caractère négatif et se
réduisait à des formules sans valeur.

On l'a accusé de n'avoir pas voulu figurer à la Chambre : il fit très-sagement d'en
disparaître; car, d'une part, il ne voulait
pas perdre ses anciens amis, et, d'un autre
côté, il aurait compromis sa popularité,
n'ayant pas d'idéal politique à apporter ni
à adopter :

> Lise à l'oreille
> Me conseille.
> Cet oracle me dit tout bas :
> Chantez, monsieur, ne *parlez* pas.

On n'est pas nécessairement un homme
d'État parce qu'on possède une intelligence
supérieure. Notre siècle pense le contraire,
mais notre siècle se trompe et détruit à
plaisir ses grands hommes en les forçant de
figurer dans les chambres législatives. Des

haines et des amitiés d'un jour ne peuvent
convenir à une âme noble; voilà pourquoi
Béranger ne voulut pas jouer de rôle politique. Mais s'il sauva sa popularité, il ne
put empêcher le vide de se faire autour de
lui. Déjà, avant 1848, la jeunesse républi-
caine s'était montrée hostile à Béranger,
parce qu'elle l'accusait d'avoir des tendances
bonapartistes, qui étaient chez lui un effet
naturel de la gratitude, sans parler de l'admiration due au génie de Napoléon Ier.

Lorsque la révolution de 1848 eut en-
tamé la fortune de mademoiselle Judith et
la sienne, son nombreux cortége de parasites s'affaiblit beaucoup, ce qui commença
à jeter du froid dans la maison. Puis, une
nouvelle génération avait grandi, qui ne
connaissait pas Béranger. Ses amis lui res-
taient fidèles, mais sa vieillesse était troublée
par des attaques insolentes, sans que l'af-
fluence des jeunes gens autour de lui vînt
le consoler. Il souffrait de cet abandon pour
lui-même, comme il en avait souffert par

anticipation en contemplant la triste vieillesse de Chateaubriand.

« Je suis effrayé, me disait-il, de le voir
silencieux au coin de sa cheminée et près
d'une table sans livres. Quand l'âge arrive,
on repousse, on dégoûte. Ah! la vieillesse
est une chose affreuse! »

Être aimable et plaire à tout le monde,
dans la limite, bien entendu, de ses sentiments politiques, voilà le but que Béranger
s'était proposé pendant toute sa vie.

Il redouta donc la vieillesse, et, lorsqu'elle eut altéré sa santé, il devint mo-
rose. S'il accueillait toujours ses visiteurs
avec une extrême bienveillance, avec un
sentiment de gratitude même pour ceux qui
ne l'abandonnaient pas quand la nouvelle
génération s'éloignait de lui, il ne regardait
plus favorablement, comme autrefois, les
publications nouvelles.

« A quoi bon, disait-il, ressusciter tant
de vieux volumes qui n'ont pas de valeur
littéraire? Nous avons maintenant une ma-

nie d'érudition qui nous sera funeste, en nous empêchant de lire les bons auteurs. »

Il se tenait pourtant au courant des ouvrages récents, lisait une masse de jour‑naux qui lui étaient envoyés obligeam‑ment, et il achetait avec soin ce qu'on publiait en sa faveur ou contre lui, bien que les attaques de ses ennemis lui fussent très‑sensibles.

C'était un douloureux spectacle pour moi de voir Béranger aussi différent de lui‑même. En 1843, il était plein d'animation, de verdeur et, pour ainsi dire, de jeunesse; sa parole était brillante, sa mémoire in‑faillible, sa bienveillance universelle; le feu du génie étincelait dans ses yeux quand il parlait des œuvres de l'art grec ou qu'il se raillait de ses adversaires. Judith elle‑même, malgré son air un peu hautain, était aimable et rieuse à cette époque. En 1856, Béranger n'était plus qu'une ruine; son regard était éteint, sa mémoire confuse, son caractère bourru et presque hostile. Mais sa

parole avait conservé encore un grand at-
trait pour tout ce qui se rapportait aux événements de son âge mûr ou de sa jeunesse,
car le reste il l'avait oublié. J'avais le cœur
navré en le voyant s'avancer dans son long
corridor de la rue de Vendôme. Il ne pouvait
plus, alors, faire ses grandes promenades
d'autrefois, et ne sortait plus de sa chambre
que pour passer dans la salle à manger.
Mais, si douloureux que soit un tel spectacle, il n'est pas fait pour nous conduire
au matérialisme; au contraire, en voyant
une grande âme opprimée sous le fardeau
d'un corps décrépit, nous sentons plus vivement qu'elle sera libre un jour.

Mademoiselle Judith avait sa part de
cette mauvaise humeur croissante, qui venait d'une déchéance de fortune. Et, en
effet, ceux qui ont vu le chansonnier dans
l'hôtel de Vendôme l'ont trouvé plus que
modestement logé. En montant l'escalier de
service, on rencontrait, au second, un grand
corridor qu'il fallait suivre jusqu'au bout;

c

à droite étaient la salle à manger, la cuisine et l'appartement de mademoiselle Judith ; à gauche s'ouvrait une porte donnant
sur un salon carrelé ; l'une des parois était
munie de planches toutes nues, qui suppor-
taient quatre ou cinq cents volumes ; le seul
gros meuble de cette pièce était un buffet
presque toujours couvert de poires, le fruit
favori de Béranger. Une porte, à droite,
donnait accès dans la chambre à coucher du
poëte. C'était là qu'il recevait ses amis par-
ticuliers, car l'heure du déjeuner était ré-
servée pour les étrangers et les visiteurs
vulgaires ; c'était là qu'il vivait comme un
sage, lisant de nombreux volumes et prati-
quant une douce philosophie.

Quand je dis philosophie, je prends ce
mot dans le sens pratique. En effet, Béranger
manquait de portée métaphysique. Les
grands poëtes ont tous pénétré dans la
sphère des idées pures sans rien imaginer
toutefois, puisque Dante est un catholique,
et Gœthe un disciple de Spinosa. Béranger,

plutôt artiste que penseur, ne put jamais
goûter la haute philosophie. Je me souviens
d'avoir vu, en 1846, sur sa table, une *Mé-
thode* de Descartes, qui lui avait été apportée par M. Barthélemy Saint-Hilaire; elle
le suivit dans tous ses logements, figurant
toujours devant lui; je la revis encore rue
de Vendôme en 1856 : « Vous ne voulez
donc pas la finir? dis-je au poëte. — Je la
recommence toujours, mais il y a là-de-
dans quelque chose qui m'échappe. » C'é-
tait là une grave imperfection de Béranger.
Toutefois, il y a de grands génies qui n'ont
jamais su ce que c'était qu'une idée, par
exemple, Mozart et Raphaël. La musique
et la peinture ont, il est vrai, un rapport
très-indirect avec la pensée, tandis que la
poésie se rattache à la métaphysique. Elle
atteint son point culminant lorsque, se pénétrant des idées des philosophes, elle re-
vêt d'images saisissantes des conceptions
trop abstraites. Ainsi Dante nous représente
la philosophie scolastique, Milton le dog-

matisme protestant, Gœthe le panthéisme
manichéen du moyen âge. Il y a pourtant
une sphère distincte pour les poëtes qui
font de l'art leur principale occupation.
Béranger appartient par sa forme à cette
classe d'écrivains, mais non pas d'une
manière exclusive, car on doit le ranger
aussi parmi les poëtes politiques.

Ce qui lui a donné une si universelle popularité, c'est la profonde sensibilité et la
délicatesse de ses émotions. On retrouve
son cœur dans tout ce qu'il a chanté, soit
qu'il déplore les malheurs de la patrie, soit
qu'il ennoblisse ses faciles maîtresses, en
purifiant ses rapports avec elles par l'expression d'une amitié charmante. On l'a accusé,
à cet égard, d'avoir sur l'amour des sentiments peu nobles, et d'avoir dit :

J'ai su depuis qui payait sa toilette.

Mais si Béranger ne comprit jamais cet

amour passionné qui brille dans Lamartine
et dans Hugo, il se conforma fidèlement
aux préceptes qu'il a tracés dans une de
ses lettres : aimer toujours ce qu'on a aimé
une fois, ou du moins garder pour ses an-
ciennes maîtresses une amitié tendre.

Dans sa jeunesse, il eut, avant de connaître mademoiselle Judith, un fils naturel,
et il fit son devoir d'honnête homme en le
reconnaissant et en lui donnant son nom.
Ce fils, Julien Béranger, aurait maintenant
soixante-trois ou soixante-quatre ans.
Comme il s'entendait peu avec son père,
Béranger le fit partir pour l'île Bour-
bon, où il se maria et où, depuis, il a dû
mourir.

Il ne faut pas en vouloir à Béranger d'a-
voir méconnu le sentiment de la nature,
d'avoir été jusqu'à maudire le printemps;
en agissant ainsi, il était dans son rôle de
poëte populaire : car les ouvriers de nos
villes n'ont plus le sens de ce monde mysté-
rieux qui captive l'âme chez les peuples

primitifs. Ecoutez l'enfant de Paris se railler de la saison nouvelle :

> Je la voyais de ma fenêtre
> A la sienne tout cet hiver ;
> Nous nous aimions sans nous connaître,
> Nos baisers se croisaient dans l'air.
> Entre ces tilleuls sans feuillage
> Nous regarder comblait nos jours.
> Aux arbres tu rends leur ombrage ;
> Maudit printemps, reviendras-tu toujours !

C'est bien ici la poésie d'un habitant des
villes. Pendant que les races germaniques
haïssent la cité, vivent dans la campagne et
sont encore absorbées par la nature, le poëte
parisien anathématise celle-ci sans pitié,
lorsqu'elle porte obstacle à ses sentiments
personnels.

Admirable comme artiste, Béranger a
renfermé ses chansons dans une forme sans
défaut ; le soin avec lequel il a dessiné toutes
ses compositions, leur excellent style ont
tiré le poëte du degré inférieur auquel le

condamnait son genre, et lui ont valu des éloges universels.

On s'étonnera peut-être que j'emploie des expressions aussi considérables, en prononçant le nom de Béranger ; mais n'en déplaise aux rhéteurs qui estiment plutôt la forme que le fond des choses, les beaux jours de la réthorique et de la mythologie sont passés : le moule classique, dans lequel les écrivains du xvie siècle avaient prétendu jeter l'esprit de la France, est brisé pour jamais.

Après la forte littérature du xviie siècle, exclusivement nourrie de l'antiquité, nous avons vu apparaître le romantisme, qui a embrassé dans sa sphère d'action une partie des littératures étrangères. Nous voyons poindre aujourd'hui une troisième phase littéraire, qui s'appuiera principalement sur les productions des époques primitives et sur la poésie populaire. Béranger a servi de précurseur à cette phase nouvelle.

L'esprit positif de notre civilisation avait

donné à la poésie du xviie siècle un caractère politique, qui tendait à étouffer la sensibilité dans la nation. Pour venger le mé-
pris sous lequel on avait écrasé le moyen
âge, le romantisme s'étudia à faire disparaître les procédés classiques, et à remplacer la ligne par la couleur ; il réhabilita la
nature et rendit à la poésie son élément
essentiel : la sensibilité. Mais il lui manqua
une qualité importante : la simplicité. Il se
trouva ainsi en désaccord avec les traditions
des époques primitives, comme avec l'esprit
démocratique du xixe siècle. Au fond, la
poésie de Lamartine et de Hugo est écrite
pour une classe privilégiée, puisqu'elle demande une préparation intellectuelle. Les
élégies de l'auteur des *Méditations* sont des
compositions élégantes qui exigent, pour
être pleinement senties, un choix d'auditeurs
habitués à l'usage des parfums, de la toilette recherchée, aux rêveries heureuses
sous le ciel napolitain. De même, l'auteur
des *Orientales* emploie des idées et une lan-

gue qui ne sont pas toujours accessibles à
la foule. Cette brillante éclosion de la poésie
romantique laissait donc à désirer l'appari-
tion d'un poëte réellement populaire.

Béranger eut cette gloire d'être l'homme
que réclamait son époque, et d'indiquer en
même temps la voie à une poésie nouvelle.
S'il resta dans les traditions de la France
en écrivant des chansons politiques, la charmante sensibilité qu'il exprima dans toute
son œuvre enleva à celle-ci son caractère
passager, pour lui imprimer un caractère
éternel. La chanson est un genre inférieur,
nous l'avouons ; mais comme l'a dit l'historien allemand Gottschall, Béranger a trouvé
le moyen de se montrer grand poëte dans
un genre léger. Par sa sensibilité, il a com-
battu cette tendance desséchante de l'esprit
français à se railler de tout. Quand le romantisme aura disparu complétement, quand
une poésie nouvelle l'aura remplacé, en je-
tant à l'écart la vieille défroque du moyen
âge, aussi bien que les larves de l'Olympe

païen ; quand la littérature aura repris sa simplicité, en s'inspirant seulement du spectacle de la nature et des mouvements de l'âme, elle confirmera l'admiration des contemporains de Béranger pour l'illustre poëte, et placera celui-ci au nombre de ses glorieux ancêtres.

C'était, en effet, un tour de force qui pouvait sembler impossible, de trouver, pour le peuple, une poésie convenable, sans tomber dans un genre commun ; il fallait ne pas s'écarter de l'ordre d'idées compré-hensibles pour la foule ; mais il fallait, en même temps, créer un beau style qui exal-tât l'âme du peuple et la fît pénétrer subite-ment dans la région de l'art. Ce phénomène, qui s'est accompli dans la littérature grecque avec Homère, dans l'Italie du moyen âge avec Dante, dans l'Europe barbare avec les épopées héroïques et la poésie populaire, devait se reproduire au xix⁰ siècle avec les chansons de Béranger, et la France n'a pas été ingrate envers son poëte, puisque Bé-

ranger est le seul chanteur des temps mo-
dernes qui ait jamais joui d'une complète
popularité.

IV

Nous avons suffisamment parlé de Béranger ; revenons à mademoiselle Judith, et, pour cela, remontons les temps écoulés, et rendons-nous au n° 21 de la rue Vineuse ; car c'est là qu'habitait le Béranger heureux, et que sa compagne présidait des réunions charmantes, auxquelles je me féliciterai toujours d'avoir participé.

Le première fois que je vis mademoiselle Judith, ce fut au mois de décembre de l'année 1843. Les étudiants des écoles avaient organisé une manifestation pour témoigner

à Laffitte leur reconnaissance à propos de
son équivoque opposition. La police de
Louis-Philippe, toujours en éveil, considéra
cette démarche comme séditieuse, et au
moment où les étudiants, revenant de chez
Laffitte, se portaient rue Vineuse, pour saluer Béranger, elle les accueillit à coups de
casse-tête et d'assommoir. Béranger se
sauva par une porte de son jardin pour
éviter cette ovation, laissant à mademoiselle
Judith le soin de nous accueillir et de recevoir nos cartes de visite, pendant que le
reste de la manifestation des écoles descen-
dait au galop la grande rue de Passy, dans
un désordre qui n'avait rien de majestueux.
Il y eut, à cette occasion, des contusions et
même des blessures, car les agents de
police frappaient sur l'arrière-garde des étudiants. Béranger se crut obligé de porter à
quelques-uns de ceux-ci ses compliments de
condoléance ; nous lui rendîmes sa visite,
nous revîmes l'aimable mademoiselle Judith,
et la connaissance fut commencée.

Mais nos regards n'étaient pas exclusivement tournés sur la compagne de Béranger ; tout en examinant modestement la demeure du poëte, où il y avait quelques vieux meubles usés, dans deux pièces mansardées, nous remarquâmes une jeune fille, qui était comme la fleur de la maison, et qui nous charma par son affabilité ; vive et rieuse, elle courait au milieu du jardin, lutinant quelquefois Béranger, et l'égayant toujours par son caractère enjoué. C'était mademoiselle Fanny, la pupille du poëte, aujourd'hui madame Vernet.

Comme on peut le croire, nous fûmes enthousiasmés de l'accueil qui nous était fait dans la maison de Béranger. L'un de nous exprima ses sentiments pour l'immortel poëte, dans une lettre élogieuse, à laquelle Béranger répondit par une épître où se trouvent quelques réflexions narquoises. Je citerai cette dernière, qui est réellement curieuse. On y voit Béranger, à demi modeste, parler de lui tout le temps, et prou-

ver, par la fin de sa lettre, que, tout en protestant contre les éloges, au fond il était
content d'en recevoir.

« Me pardonnerez-vous, cher monsieur,
d'avoir tant tardé à vous répondre, moi qui
suis habituellement exact. C'est que votre
lettre m'a donné à réfléchir, que même elle
m'a un peu fâché contre vous. Fâchez ? di-
rez-vous ; oui, vraiment ! Pourquoi cet enthousiasme exagéré ? Sans doute c'est un des
beaux côtés de votre âge que cette faculté
d'exaltation, mais encore faut-il se rendre
compte du mérite de ses idoles. Croyez à la
sincérité de tous les amis, même à la fidé-
lité de toutes les lorettes, rien de mieux ;
mais quant aux réputations de quelques
hommes, vos contemporains, sachez les
prendre à la main, les retourner dans tous
les sens, les peser et repeser, et vous ne
donnerez plus l'épithète de grand à celui qui
est de votre taille, parce que votre taille
n'est pas encore tout ce qu'elle sera. Moi
qui ai été élevé au milieu des géants d'une

glorieuse époque, je vous assure qu'à vingt
ans j'y regardais de plus près que vous ; et
pourtant j'avais un grand enthousiasme aussi
pour les choses qui s'accomplissaient alors.
Savez-vous ce qu'il résulte de la hauteur où
vous placez ceux qu'il vous plaît d'encenser?
Vous désespérez bien vite d'atteindre jusqu'à eux, et l'abattement vous saisit. Le
pauvre Escousse est un triste exemple de ce
que je vous dis là. Dans la lettre qu'il laissa
pour moi, il me traitait aussi en modèle
parfait et désespérant. Fatale illusion !

« Ah ! repoussez-la loin de vous. Il y a
bien mieux que moi dans notre malheureux
temps. Eh bien ! ce que je vous dis pour
moi, je vous le dis pour les hommes vraiment supérieurs que nourrit notre époque;
point de fol enthousiasme ! Savez-vous qu'à
vingt ans je protestais, moi pauvre rimeur
inconnu, ignorant de grammaire, contre la
gloire exagérée de Delille, à qui, certes,
pourtant je reconnaissais un grand et beau
talent.

D

« Ce que vous devez vous dire, vous, tout
jeune homme, c'est que les véritables prépa-
rateurs de l'avenir ne sont pas encore venus ;
tout au plus le nez de quelque petit précurseur s'est montré à travers la toile,
comme au théâtre il arrive quand un acteur
vient regarder, à travers le trou du rideau,
si la salle est bien garnie. Qui sait ? le bon
Dieu va peut-être bien frapper les trois
coups : bientôt peut-être un nouvel acte du
grand drame va commencer. Vous autres,
qui devez le jouer, êtes-vous prêts, savez-
vous vos rôles? Quoi ! vous vous amusez à
encenser les vieux dont le rôle est fini,
comme si vous aviez du temps à perdre.
Quand le temps du repos sera venu pour
vous, retournez-vous, soit ! et dites quelques prières sur la tombe de ceux qui ont
encouragé votre jeunesse : c'est de bon
exemple. A présent qu'un sang généreux
bout dans vos veines, ne vous épuisez pas
en vaine adoration ; travaillez avec l'idée
d'effacer ceux qui vous ont précédés ; ayez

la foi que vous parviendrez à valoir mieux
qu'eux, ce qui, pour vous autres, ne sera
pas difficile, s'il ne s'agit que de faire oublier vos pères. Mes enfants, ayez foi en
vous, sinon vous ne ferez rien ; non cette
foi que donne l'orgueil, mais celle que donne
l'amour de ses semblables, à qui vous devez
consacrer toute votre vie.

« Voilà, mon cher monsieur, une partie
des réflexions que m'a suggérées votre lettre. C'est surtout cette épithète de *grand*,
appliquée à mon nom, qui les a fait naître.
Notre siècle s'épuise à faire des illustres,
des grands, des immortels ; tout n'est plus
que mots plus ou moins ronflants, que vous
autres jeunes hommes répétez avec une
candide naïveté. Laissez, laissez toute cette
phraséologie ; l'avenir, dont c'est la besogne
de baptiser ceux qui vont jusqu'à lui, fera
la part à chacun. Contentez-vous d'encou-
rager ceux qui vous semblent bien faire,
mais ne les bourrez plus d'encens ; plusieurs en sont morts, étouffés comme des

dindons trop gavés. C'est leur ombre que
vous rencontrez dans Paris : ils sont morts,
je vous assure.

« Vous allez me trouver bien peu poëte,
mon cher enfant ; aussi pourquoi l'êtes-vous
trop ? Venez me voir, et nous continuerons
la discussion, si vous ne la trouvez pas trop
fastidieuse. Je ne prêche pas toujours aussi
longtemps qu'aujourd'hui. Ne craignez donc
pas les longs sermons. A vous de cœur.

                    « BÉRANGER.

      « 22 janvier 1844. »

Ce qui prouve que Béranger n'était pas
absolument sincère, quand il s'évaluait avec
une semblable modestie, c'est une autre
lettre que je vais citer également, et qui fut
le résultat d'un malentendu. Un être en-
vieux, un mauvais sujet, dont nous n'avons
jamais pu savoir le nom, mais comme il s'en
trouve dans toutes les réunions nombreuses,
avait persuadé à Béranger qu'on ne l'honorait
pas convenablement, ce qui était absolument
faux. Au fait, à l'époque où nous allions en

corps chez Béranger, nous étions plus ou moins
sous l'influence de Byron, et nous admirions
cette fougueuse poésie lyrique, qui a créé *le
Corsaire* et *le Giaour*. Or, Béranger détestait
lord Byron ; il le regardait comme un homme
vicieux, et naturellement il prétendait que
les admirateurs du grand poëte anglais ne
pouvaient pas sentir le mérite des chansons
de Béranger. L'hypocrite dont je viens de
parler exploita cette faiblesse, et nous devons
à un accès de colère de Béranger une lettre
irritée, comme M. Perrotin n'en a publié
aucune dans sa collection.

« Mon cher ami,

« J'ai reçu et lu votre confession avec
tout l'intérêt que je vous porte. Vous ne
m'apprenez rien de nouveau ; je suis de ces
vieux prêtres qui, à force de vivre avec leurs
pénitents, savent d'avance les aveux qu'ils
ont à leur faire. Mais, en véritable casuiste,
je trouve souvent sous les paroles autre
chose que ce qu'elles ont la prétention de
dire. Les esprits terre à terre comme le

mien ramènent tout à une mesure commune,
et j'étonnerais souvent ceux qui se confient
à moi, si je leur traduisais leurs discours ; je
ne vous ferai pas cette chicane qui, dans
tous les cas, ne tournerait pas à votre dé-
savantage, mais qui pourrait vous amener
un jour à convenir qu'il y a au fond de votre
lac troublé autre chose que les pierres que
vous y jetez. Pour vous, je suis loin d'être
un grand poëte, comme vous le dites par
politesse ; je ne suis même pas un poëte, et
je vous avoue que je n'en suis pas fâché. A
l'appui de votre opinion, je vais vous donner des preuves nouvelles contre moi. Savez-vous à quoi j'attribue, non tout, mais
une partie des tourments de votre esprit ? Au
mauvais dictionnaire que vous vous êtes fait,
dictionnaire dont je reconnais les sources
dans ces hommes sans cœur, grands poëtes
sans doute, mais qui, au lieu de faire de la
poésie un baume, en ont fait un poison qu'ils
n'ont versé que trop largement dans les
plaies dont Dieu leur avait confié la guéri-

son ; oui, à ces grands poëtes que vous avez
raison sans doute d'admirer, mais qui, n'é-
tant jamais satisfaits, au milieu de toutes les
jouissances, ont tenté d'ôter à nous autres,
pauvres gens, le peu de satisfaction dont
nous pouvions jouir ici-bas. A votre âge, on
n'est qu'imitateur, et que d'imitateurs de
votre âge ont eu ces malheureux génies !
Mon cher enfant, méprisez toujours les
poëtes de cabaret comme moi, mais em-
pruntez-leur quelque chose. Substituez à l'expression élevée, brillante, métaphysique de
vos auteurs, le mot vrai du chansonnier,
pour les sujets qui vous préoccupent ; toutes
les questions d'en haut ne seront pas réso-
lues sans doute, mais celles d'en bas de-
viendront d'une solution bien plus facile ; il
en est même plusieurs qui finiront par vous
faire rire, vous qui riez si peu, de l'impor-
tance que vous y attachiez.

« J'allais rendre un jour visite à une
pauvre mère inquiète de la santé de sa fille.
Le médecin en sortait ; je la trouvai dans

un état d'agitation impossible à décrire ;
c'était de la folie. A mes questions, elle ne
répondait que par des pleurs, des cris, des
spasmes. Malgré l'affliction que j'en éprou-
vais, j'insistai tant pour obtenir qu'elle me
dît le nom du mal que le médecin avait si-
gnalé, qu'enfin la pauvre mère put pronon-
cer ce nom ; je souris comme un homme
rassuré, et je l'étais en effet ; à l'instant, le
calme rentra dans cette âme épouvantée,
qui, un instant avant, semblait devoir suc-
comber à son désespoir. Mon cher ami, ha-
bituez-vous, pour Dieu ! à mettre le mot
propre sur chaque chose ; il est l'ennemi de
l'orgueil, de la fausse grandeur ; il nous
montre nos défauts sous leur vrai jour, nos
qualités sous leur côté applicable, et s'il
nuit à l'hypocrisie du talent, il sert bien souvent à la bonté du cœur.

« Ce sermon va vous paraître bien
étrange, j'en suis sûr ; mais, au risque de
vous paraître encore plus médiocre que vous
me trouvez déjà, j'ai dû vous livrer le se-

cret de mes recettes. Changez, mon ami, changez de dictionnaire; ne sortez plus des proportions de votre nature; elle est assez belle et assez bonne pour se montrer telle que Dieu l'a faite. Savez-vous qu'avec ce qu'elle a d'impétueux et de désordonné, avec ce que vous y avez ajouté de faux par le culte des méchants génies, on doit admirer en vous les vertus les plus rares, le dévouement aux dignes objets de votre affection ? Ce dévouement, qui coûte peu à de tranquilles natures, est sans prix obtenu de la vôtre, à un âge où l'on se discipline si rarement. Aussi, croyez que personne plus que moi n'a d'admiration et d'amitié pour vous. Ce que je regrette, c'est de ne pouvoir vous en donner plus de preuves. Comptez au moins sur ma bonne intention et croyez-moi tout à vous de cœur.

« BÉRANGER.

« Passy, 28 mars 1845. »

Ces accès de susceptibilité étaient heureusement fort rares chez Béranger, car ils

auraient pu troubler nos dîners intimes de
la rue Vineuse; mais qu'est-ce qu'un orage
dans l'étendue du ciel? Un trouble de quelques heures.

Nous adoptâmes donc la maison de Béranger, où mademoiselle Judith nous accueillait volontiers, parce qu'elle voyait que
nous entourions le poëte d'une vénération
sincère. Béranger voulut nous avoir souvent
à sa table. Nous formions alors un petit cé-
nacle dont je parlerai avec détail, puisque, à
mesure qu'on avance dans la vie, on aime
davantage à se rappeler sa jeunesse, et d'illustres écrivains, que je n'ai pas la prétention d'égaler, ont su nous intéresser à des
lieux ignorés et à des personnages inconnus.

C'est dans les joyeux dîners de la rue Vineuse que nos discussions avaient le plus
d'entrain. Béranger, qui ne se contentait pas
de boire de l'eau, comme on l'a dit, se
montrait fort joyeux convive. Mademoiselle
Judith présidait le repas avec grâce, se ré-
servant de nous rappeler à l'ordre quand

les excellents vins du poëte venaient à exalter nos idées. Je ne parle pas de moi, car jusqu'à l'âge de trente-cinq ans je n'ai bu que de l'eau, et Béranger me désignait comme un sournois qui réservait le vin pour en faire abus dans sa vieillesse.

Vers la fin du dîner, la confusion se mettait dans nos têtes, l'un prônait Shakspeare, l'autre défendait Racine; mademoiselle Judith protégeait ses cachets verts; on attaquait les romantiques ou les classiques, on glorifiait le moyen âge, on dénigrait la féodalité. Puis, quand le dessert avait disparu, nous parcourions, pour nous réjouir, les manuscrits que Béranger recevait, de toute part, du fond de la province. « Je vous défends de vous moquer de mes admirateurs, » disait-il, mais nous ne l'écoutions pas, et, défonçant les paquets, nous en enlevions des tragédies burlesques, des poëmes somnifères, des élégies larmoyantes que leurs auteurs soumettaient à l'appréciation du chansonnier. C'était une tâche bien laborieuse

pour Béranger de répondre à toutes ces
sollicitations littéraires, mais le soin de sa
popularité l'exigeait ; il parcourait donc les
manuscrits des poëtes provinciaux, et, tous
les matins, il expédiait deux ou trois lettres
de remerciement taillées à peu près sur le
même patron.

L'un des convives les plus habituels de la
rue Vineuse , j'ajouterai même l'un des
plus gais, c'était un homme peu facétieux
cependant : je veux dire Lamennais. Il était
depuis longtemps l'ami de Béranger, qui
avait pour lui une sorte d'affection pater-
nelle et le traitait avec une infériorité mar-
quée. « Allez, lui disait Béranger, vous
n'êtes qu'un vil prosateur, allez aider Judith à mettre le couvert. » Lamennais entendait fort bien la plaisanterie, et, à la table
de Béranger, il se déridait complétement.
A côté du poëte, ce n'était plus le même
homme. Il émanait de Béranger un esprit
de tolérance, une bonté pénétrante qui mi-
tigeaient le fiel de l'irascible vieillard. Ce-

lui-ci ouvrait généralement le dîner par
quelque histoire impossible dirigée contre
les jésuites, histoire qu'il adoptait avec une
crédulité sans borne, parce qu'elle flattait
ses passions haineuses. Il s'élevait une vive
clameur parmi nous. Béranger démontrait à
Lamennais l'absurdité de son récit, et l'auteur des *Paroles d'un croyant* se rejetait
alors sur des facéties puisées dans je ne sais
quel recueil d'ana ; car il avait dans l'intelligence un côté excessivement puéril, ou du
moins il éprouvait un profond besoin de se
distraire. Nos discussions ne le laissaient
pas indifférent. Bien qu'il détestât l'Église,
il savait encore en apprécier à certains égards
le rôle historique, et il nous aidait à défendre le moyen âge contre le persiflage de
Béranger. Il avait pourtant affaire à un
rude jouteur : Béranger était éloquent, tandis que lui, Lamennais, parlait fort mal. On
ne trouvait dans ses discours aucune trace
de ce beau style qui caractérise ses écrits ;
sa parole était hachée, hésitante, et sur-

chargée d'un accent breton fort désagréable.
D'une taille lilliputienne, il semblait d'ailleurs qu'il prît plaisir à augmenter le peu
d'apparence de sa physionomie par son bizarre costume : il portait un chapeau bossué, une redingote étriquée et brûlée par le
bas, un pantalon d'une coupe fantastique.

Il avait en outre, à l'époque où je le
voyais habituellement, la singulière habitude
de s'accroupir dans un fauteuil, où il
nouait et dénouait constamment les cordons
de ses souliers. J'aimais autant Auguste
Comte, faisant lentement tourner son mouchoir, comme s'il eût voulu étudier la rotation des corps célestes. Si mal vêtu que fût
Lamennais, si pauvre que fût son maintien,
ses yeux et son front révélaient cependant
l'homme supérieur. Mais quel degré doit
occuper cette supériorité sur l'échelle de
l'intelligence ? C'est ce que l'avenir nous apprendra. Béranger osait résoudre la question
d'avance : « Lamennais, disait-il, a manqué
sa vie de toutes les manières. Il a scandalisé

les âmes, en faisant schisme avec l'Église,
où il aurait dû rester, pour y infiltrer un
esprit de progrès. Au lieu de cela, il a
consterné les timides, par des livres décla-
matoires, où l'on trouve isolément de belles
pages, mais il n'a pas su réunir ses idées
en un seul corps. Lamennais est un philosophe qui a voulu être poëte, un poëte
qui a voulu être philosophe. Personne ne
lit plus les *Affaires de Rome*. Ma foi, je
n'aime pas davantage le reste. Les *Paroles
d'un croyant* ne sont qu'une vieillerie, les
Amschaspands sont insipides ; quant à l'*Esquisse d'une philosophie*, Arago dit que c'est
bien, mais je ne me fie pas à lui sur parole,
sachant de quel côté de la Loire il est né.
L'avenir ne gardera pas une page de Lamennais. »

Ce jugement de Béranger peut paraître
sévère. Il n'est que juste, si l'on veut bien
omettre la dernière phrase. Malgré son
style admirable et l'appareil de ses argu-
mentations, Lamennais n'est pas un pen-

seur. Il n'a pas fait un seul élève, tout le
monde l'avoue. Pourquoi n'a-t-il eu d'autre
disciple que lui-même? C'est qu'il n'a pas
possédé assez de puissance pour créer un
système métaphysique. L'*Esquisse d'une
philosophie* ne nous offre qu'un ramas de
vieilles hérésies, que de fausses analogies
établies entre les fluides impondérables et
les forces de l'intelligence; que des effusions
lyriques fort belles sans doute, mais déplacées dans un ouvrage de métaphysique. Ce
livre ne laisse aucune idée claire dans l'esprit; on peut donc le regarder comme non
avenu.

Lamennais n'a pas été plus heureux quand
il a voulu traiter l'histoire. Son introduction
à la version du Dante démontre qu'il manquait complétement du sentiment historique.
Il avait reçu une éducation contraire à son
tempérament et s'était en vain efforcé de la
refaire plus tard; de sorte qu'il gardait dans
son sein du poison en réserve pour ceux qui
l'avaient marqué du sceau clérical. Quoi qu'il

fît, il appartenait à l'Église, et son âme orgueilleuse se tordait en tous sens pour échapper à la domination que celle-ci exerçait sur lui, au milieu même de ses révoltes. Lamennais était né pour détruire, et, comme la foudre, il ne pouvait faire que du mal. Ce n'était pas par esprit de charité qu'il se rattachait à la cause démocratique, c'était par haine de toute suprématie ; mais avec la haine, on ne peut rien fonder. Lamennais ne fut donc ni un philosophe, ni un poëte : il ne fut qu'un pamphlétaire de génie, toujours replié sur lui-même comme une bête fauve, toujours dans la fièvre, et lançant, d'une main qui tremblait de colère, des traits impuissants à l'édifice qu'avait attaqué Calvin.

La seule chose dont il faille savoir gré à Lamennais, c'est d'avoir suivi franchement la direction que lui imprimait son orgueil. Il eût pu rester dans l'Église et y couvrir sa grêle personne de la pourpre cardinale. Il fut plus noble, en préférant l'humble vête-

E

ment du laïque aux splendeurs de Rome.
Reconnaissons-le : si l'orgueil est un vice,
il a sa grandeur, quand il s'attache à mépri-
ser les honneurs et les richesses, et l'ange
tombé qui, par fierté, cache ses blessures
au fond de l'abîme, ne peut nous laisser in-
différents.

Quel contraste, cependant, entre le caractère de Lamennais et celui de Béranger !
Le premier, toujours maussade, n'encoura-
geant jamais une intelligence naissante, de
crainte de se voir éclipsé; le second, au
contraire; toujours bienveillant, malgré des
saillies un peu vives, toujours aimable, allant
chercher au loin la misère timide pour la
soulager, et aidant les jeunes gens de ses
bons conseils en leur exagérant leurs facultés au lieu de les amoindrir. Ce dernier
rôle est celui qui convient au génie, qui
l'honore le plus. Quand un esprit supérieur
a surmonté les obstacles qu'opposait à son
essor l'envie et la haine, n'est-il pas beau
de le voir, épris d'amour pour les hommes

et les idées, tantôt chercher au loin l'intelligence afin d'en activer l'éclosion, tantôt
servir à l'avancement de l'esprit humain, en
vulgarisant les œuvres du passé et celles de
l'étranger? Pétrarque, qui avait bien com-
pris cette mission, est aussi grand pour
avoir restauré les lettres au xiv⁰ siècle, que
pour avoir célébré la belle Laure dans ses
poésies immortelles.

Si Lamennais n'a songé qu'à développer
sa personnalité, s'il a trouvé la gloire dans
cette œuvre égoïste, il y a rencontré aussi
quelque inconvénient. Plus d'une fois, il se
trouva pris dans ses propres doctrines, et
cette situation fausse, burlesque pour les
étrangers, ne contribuait pas médiocrement
à augmenter sa mauvaise humeur habituelle.
L'histoire du Corse est, sans contredit, l'une
des aventures les plus désagréables qui lui
soient arrivées. Voici en quoi elle consiste :

Un matin que Béranger était sorti, je vou-
lus saluer mademoiselle Judith, et je la
trouvai riant toute seule. « Béranger n'est

pas là, me dit-elle, il faudra que vous vous
contentiez de ma conversation. Si vous voulez me promettre d'être discret, je vous ra-
conterai comment Lamennais enrage dans
ce moment-ci. »

Naturellement, je fis la promesse qu'on
me demandait, et que je me permets de ne
pas tenir aujourd'hui.

Alors mademoiselle Judith me raconta ce
qui suit.

Un matin, Lamennais était assis chez lui
à méditer sur l'heureux jour où l'on verrait
régner l'égalité parmi les hommes, et où
toutes les fortunes seraient en commun; on
lui apporta une lettre qui le fit bondir. Elle
était écrite par un jeune Corse. Celui-ci
annonçait à Lamennais que, n'ayant aucun
goût pour l'état de prêtre, auquel ses pa-
rents le destinaient, et qu'étant d'ailleurs
sans fortune, il avait formé la résolution de
venir vivre avec l'auteur des *Paroles d'un
croyant*. Il ajoutait qu'il serait trop heureux
de passer sa vie entière auprès d'un maître

aussi illustre, et terminait en annonçant sa
prochaine arrivée. Lamennais relut deux ou
trois fois cette lettre, pensant que ses yeux
le trompaient, mais elle était rédigée d'une
façon fort claire et ne laissait aucun doute.

Rien ne pouvait être plus désagréable à
Lamennais qu'une semblable proposition ;
sa sauvage misanthropie avait besoin de solitude ; et pourtant, que répondre à un
homme qui le prenait par ses propres doctrines? Après avoir réfléchi sur la situation,
il jugea prudent de garder le silence, espé-
rant que son Corse était un fou qui l'oublie-
rait ; mais il avait compté sans son hôte. Au
bout d'un mois environ, il vit entrer un
commissionnaire portant une malle ; le
maudit Corse le suivait. « Permettez-moi,
dit-il à Lamennais, de presser dans mes bras
le plus grand philosophe des temps moder-
nes. Quel bonheur pour moi d'être admis
auprès de vous, de jouir longuement de
votre conversation ! Si vous y consentez, je
ne vous quitte plus. Ne craignez pas, du

reste, que je vous dérange; je suis habitué
à une vie modeste, la moindre chambre me
suffira, pourvu qu'elle contienne un divan
pour rêver et fumer, car nous autres méri-
dionaux, nous sommes amoureux du *far-
niente.* » Lamennais resta abasourdi. Il ordonna en grommelant à sa servante d'instal-
ler l'étranger, et tomba dans un abattement
profond, en maudissant la simplicité des
gens assez naïfs pour croire à tout ce qu'é-
crivent les philosophes.

Installé chez Lamennais, le Corse commença à se donner du bon temps; il se pro-
menait, il visitait la ville; d'autres fois, il
restait étendu sur un divan, dans une
chambre contiguë au cabinet de Lamennais,
et crispait le vieillard par sa rêverie in-
active.

Effectivement, je vis plus d'une fois le
Corse dont Judith m'avait parlé, s'oubliant
ainsi dans ses fantaisies, quand j'allais saluer l'auteur des *Paroles d'un croyant.* Un
jour, je trouvai ce dernier plus irrité que

d'habitude. Il était en conciliabule avec le docteur Gobert, auquel il avait conté son embarras. « Votre Corse est un fou, s'exclama le docteur ; dites-moi seulement *oui*, et je le fais enfermer. » Mais Lamennais ne pouvait livrer son admirateur aux surveillants de Charenton, et il continua à le garder chez lui.

Il voulut essayer si l'on ne pourrait se défaire de ce Corse trop tenace par un moyen détourné. Sur sa prière, quelques-uns de ses amis formèrent une sorte de conseil, dont M. Jean Reynaud fut membre, si ma mémoire est fidèle. Sous prétexte de s'intéresser à la destinée du Corse, on le fit comparaître, et, par une série d'adroites insinuations, on essaya de lui persuader qu'il était plus agréable de prendre une profession que de vivre à rien faire, et qu'il fallait se choisir une occupation. Mais le Corse ne se déconcerta pas pour si peu ; il répliqua d'un air grave qu'il avait songé depuis longtemps à ce qu'on lui proposait, et qu'il

allait entreprendre un travail sérieux. « Eh
bien! lui demanda-t-on, quel est-il? — Je
veux apprendre l'hébreu. »

Cette réponse démonta les amis de Lamennais, et celui-ci tomba de l'abattement
dans le marasme. Il était écrit qu'il ne se
débarrasserait pas de son hôte. Du moins
Béranger, qui se divertissait beaucoup de
cette aventure, l'affirmait ainsi. Un jour,
toutefois, en me rendant chez Lamennais, je
le trouvai heureux et tranquille; il respirait
librement : son Corse était parti. Par quel
moyen s'était-on défait de lui? C'est ce dont
j'ai négligé de m'informer.

Parmi les jeunes gens qui fréquentaient
la maison de Béranger, le véritable favori
de mademoiselle Judith était Émile Fage,
maintenant avoué à Tulle. Beau comme un
héros de roman du xviiᵉ siècle, il culti-
vait la poésie amoureuse et mystique, et
faisait de Sainte-Beuve sa lecture assidue.
Voici quelques vers de lui, qu'il lut un soir
à mademoiselle Judith, et qui obtinrent un

succès général; car alors on n'avait pas
encore imaginé de remplacer la poésie par
le réalisme, et l'on permettait aux poëtes
d'emprunter de ravissantes images à la nature :

> Pourquoi vas-tu, courbant ton front mélancolique,
> Loin du monde, t'asseoir, pensif, au pied des monts?
> Pourquoi recherches-tu, comme le cygne antique,
> La fraîcheur des ruisseaux et l'ombre des vallons?

> Le soir, lorsque les lis entr'ouvrent leurs corolles
> Au sylphe voyageur qui demande un abri,
> Pourquoi murmures-tu de mystiques paroles?
> Quel songe t'a bercé? quel ange t'a souri?

On sait que, chez Béranger, il y avait un
esprit à la fois démocratique et bonapar-
tiste qui s'expliquait par le caractère du
poëte et par les circonstances de sa vie.
Nous obéissions plus ou moins à ses idées,
et ceux même qui ne les partageaient pas
n'osaient rien dire. Cependant, aucun de
nous n'était indifférent à la gloire nationale,
et lorsqu'on ramena le corps de Napoléon en
France, nous avions exprimé nos sentiments

dans des poésies qu'Émile Fage a bien ré-
sumées par le sonnet suivant, longtemps
inédit, lu et applaudi chez Béranger, et
sans doute caché depuis, dans les paperasses
de la procédure :

Certes, de beaux soleils éclairent notre histoire
Et notre Panthéon a bien ses demi-dieux ;
S'il nous fallait graver tous nos titres de gloire,
Le front de la colonne irait se perdre aux cieux.

Et malgré tant de bruit, tant de chars de victoire,
Tant de combats géants, tant de noms radieux,
Mon cœur conserve mieux la pieuse mémoire
De ces jours qui s'en vont, grands et silencieux,

Où l'homme repentant adore la statue
Qu'au fort d'une tempête il avait abattue,
Brise sur ses autels l'idole du destin,

Bénit Socrate mort et le Tasse en souffrance,
Et ramène en pleurant, dans son pays de France,
Notre Empereur couché sous un saule lointain.

Un autre favori de mademoiselle Judith,
et dont elle emplissait les poches de bon-
bons, était le poëte Henri Laurent, que son

imagination exaltée faisait toujours vivre au milieu d'un rêve. Le monde réel n'existait pas pour ce noble poëte ; à la réalité, il substituait des fantaisies étincelantes, et vivait plein d'ivresse, au milieu des créations qu'il évoquait.

Cette heureuse faculté lui occasionnait cependant plus d'un mécompte ; s'enthousiasmant à la première vue de ceux qu'il rencontrait, il venait annoncer à mademoiselle Judith qu'il venait de découvrir un grand philosophe ou un grand poëte. « Amenez-moi votre homme, » répliquait le chansonnier avec un méchant sourire, et, après examen, au lieu d'un Platon ou d'un Dante, on ne trouvait qu'un idiot. Béranger avait alors beau jeu à railler ; pour échapper à ses sarcasmes, Laurent, qui savait parvenir ainsi à changer le cours de ses idées, entonnait quelques couplets d'une chanson sociale :

> Tous nos droits d'homme sont les vôtres,
> O mères de l'humanité ;

Il faut à vos fronts, comme aux nôtres,
Le soleil de l'égalité.
A cet astre d'un nouveau monde
Fixez vos regards triomphants;
O femmes! le sang qui féconde
Est avoué par vos enfants.

Lorsque Béranger entendait cet appel à des utopies impossibles, il se donnait la peine de les réfuter éloquemment. Quel que fût effectivement son amour du progrès, il avait trop étudié l'histoire, pour ignorer les conditions invariables de la nature humaine.

« Élancez-vous dans les champs de l'impossible, nous disait-il, pour exercer vos ailes; quand les besoins de la vie se feront sentir, vous reviendrez sur la terre. Le socialisme, comme la philosophie, est utile, en ouvrant un large espace aux facultés de l'imagination, mais il doit se borner à un rôle spéculatif. Pour gouverner la foule, il faut avoir le bras vigoureux et ne pas se nourrir de viande creuse. Ainsi s'expliquent les défections de tant d'hommes qu'on ac-

cuse à tort ; jusqu'à trente ans, leur imagination a dominé leur raison ; mais lorsqu'ils
entrent dans le monde pratique, il leur faut
bien dire adieu aux rêves. Pour moi, je ne
m'inquiète pas de ce qu'un homme a été, ni
comment il est parvenu ; ce que je lui demande, c'est l'usage qu'il fait de sa fortune
et de son crédit. Il est commode de pronon-
cer les grands mots de dévouement aux
idées et d'inflexibilité, mais nourrir sa famille est aussi un devoir essentiel. Que de
gens condamnés par les hommes, sous prétexte d'apostasie politique, seront absous
par Dieu. Lorsque le philosophe Azaïs
commença à traiter avec le ministère, sans
connaître encore ses démarches, je dis à
Laffitte et à ses amis : «Il y a là-bas un honnête homme qui meurt de faim, il le faudrait
aider. » On se rendit donc chez Azaïs, mais
celui-ci répondit en pleurant : « Vous arrivez
trop tard, j'ai traité hier avec le ministre. »
Croyez-vous qu'Azaïs soit un misérable ? »

C'est ainsi que Béranger exprimait un

scepticisme qu'on lui pardonnait, parce qu'on savait que sa vie avait toujours été pure. S'il nous communiquait ses idées sans réticences, nous lui répondions, de notre côté, avec une franchise un peu cavalière que sa bonté voulait bien tolérer. Quelquefois, il semblait sur le point de se fâcher, quand nous combattions trop vivement ses idées; mais il finissait par reprendre la parole en nous assurant que, puisque les vieillards n'étaient plus bons à rien, il fallait du moins leur laisser la consolation de débiter des radotages.

On peut croire que nous étions respectueux envers Béranger. Henri Laurent, Prosper Vernet, Charles Fillieu, Emile Fage, nous nous étudiions tous à plaire à notre vieil ami, et nous étions heureux lorsqu'un nouveau venu paraissait pour augmenter la gaieté de notre cercle.

Un soir, mademoiselle Judith nous remit une chanson qui avait été apportée dans la journée, par un inconnu, comme un hommage à Béranger. Celui-ci voulut lire lui-même la première strophe :

QUI VIVE!

HYMNE A LA FRANCE.

Quand la nuit effrayait la victoire flottante,
    Enfants, nos sublimes aïeux,
Comme Ajax, invoquaient, debout près de leur tente,
    Le jour, et défiaient les dieux.
    Si, comme eux, l'ombre nous enchaîne
    (Tout peuple a ses nuits et ses jours),
    Veillons pour que l'aube prochaine
    Debout nous retrouve toujours

    France, sentinelle du monde,
    Crie à tes frères endormis :
    Qui vive? et que l'écho réponde
    D'un pôle à l'autre : Amis ! amis

On nous dit : S'est-il donc égaré dans l'espace,
    Votre étendard audacieux?
Comme si le soleil, lorsqu'un nuage passe,
    Cessait d'illuminer les cieux.
    Cerf-volant au vent de la gloire,
    Si l'orage l'a foudroyé,
    On sait que, même dans la Loire,
    Ce drapeau ne s'est pas noyé.

Nations, point d'échos pour les cris de colère,
    Que vous soufflent des rois aigris !
Dans son lit retiré le torrent populaire
    Ne menace plus vos abris.
    Laissez gémir de ses ravages
    Les vieux palais qu'il dégrada,
    Et voyez, loin de ces rivages,
    Que de champs ce Nil féconda.

Jadis, pour rafraîchir une terre épuisée,
    C'est le sang d'un Dieu qu'il fallut,
Mais sur le front de tous, abondante rosée,
    Ce sang a versé le salut.
    De même ils ont eu leur calvaire,
    Nos martyrs, dont le monde entier,
    Pour eux devenu moins sévère,
    Comprendra qu'il est héritier.

Pèlerins, saluez la nouvelle Solymes
    Dont les temples vous sont ouverts ;
Oui, devant ses tombeaux, devant ses noms sublimes
    Doit s'agenouiller l'univers.
    En attendant l'heure propice
    D'y réunir le genre humain,
    Beau pays, sois toujours l'hospice
    Des peuples blessés en chemin.

France, temple des arts, vois-les courber et tendre
    Le front à tes fonts baptismaux.

Les enfants de Phidias y recherchent sa cendre,
　　Rome y rallume ses flambeaux.
　　Pour sceptre un ciseau vaut un glaive,
　　La plume un diadème, et surtout
　　Du marteau que ton bras soulève
　　L'enclume se trouve partout.

Mademoiselle Judith battit des mains, malgré sa froideur habituelle, et nous fîmes entendre un tonnerre d'applaudissements.

« Malgré quelques irrégularités prosodiques, nous dit Béranger, comme par exemple la présence d'un *s* à la fin du mot *Solymes*, je regarde cette chanson comme un chef-d'œuvre. Au point de vue de la forme, elle est d'un beau rhythme, et sévèrement rimée ; au point de vue du fond, il y règne un feu démocratique qui fait bouillir le sang dans les veines ; mais ce que j'y apprécie surtout, c'est un grand amour de la patrie, joint à un noble esprit de cosmopolitisme. L'auteur s'appelle Pierre Lefranc. Je lui écrirai pour le féliciter, et pour l'amener parmi nous. »

Effectivement, Pierre Lefranc devint l'un

F

des nôtres ; mais nous ne le gardâmes pas longtemps, car les Arago le choisirent pour rédacteur d'un journal qu'ils fondaient à Perpignan, et les effusions de l'amitié n'eurent plus lieu que par correspondance.

C'est par la bienveillante intervention de Béranger que Lefranc sortit d'une situation difficile. Le vieux chansonnier était toujours à l'affût pour obliger les gens. Lorsque mon ami Eugène Mathieu, qui fut célèbre pendant quelque temps dans le pays latin, pour avoir, à la grande joie des disciples de Jacotot, diffamé le *Télémaque* en le travestissant, voulut entrer à la Préfecture, où il est maintenant chef du bureau des grains, j'eus recours à Béranger, qui me demanda ce qu'était mon ami.

« Il est très-fort, lui dis-je. Écoutez ces deux vers qu'ils a écrits dans son *Télémaque*, pour se moquer des tragédies classiques ; c'est Calypso qui parle :

Tu te tais, tant te tient ton tuteur tortueux
Dans d'odieux dédains des doux dons d'un des dieux.

Béranger se mit à rire, et me promit de parler à un chef de division. Voici une lettre de lui que je retrouve ; je n'ai pas besoin d'ajouter qu'elle amena la nomination de la personne recommandée :

« Mon cher Thalès, j'ai vu hier M. Rieublanc, le chef le plus influent de la Préfecture. Il m'a promis de la manière la plus formelle de s'intéresser à votre ami, dont il a pris les noms et qu'il doit faire appeler. Comme j'ai dit connaître M. Mathieu, il serait prudent que vous me l'amenassiez un de ces matins. En attendant, engagez-le à soigner son écriture.

« Tout à vous.

« BÉRANGER.

« 13 novembre 1846. »

L'illustre chansonnier n'était pas toujours aussi coulant. Il avait, en quelque sorte, le flair des gens qui pouvaient lui convenir. J'en retrouve la preuve, en feuilletant sa correspondance, dans une lettre qu'il m'adressa, au sujet du poëte Leconte de Lisle,

qui venait d'arriver à Paris, et que je dési-
rais présenter à Passy. Rien qu'en voyant
les vers, alors phalanstériens, de l'auteur des
Poëmes antiques, Béranger avait deviné un
rival dangereux.

« Je vous remercie de votre bonne intention pour moi, mon cher Thalès, mais ne me
présentez votre jeune homme que s'il le
désire fort. Ce n'est pas là un jeune homme
de mon régiment ; il lui faut du Hugo ou du
Lamartine et non un chansonnier. Je ne
vous en ferais pas l'observation, si je pou-
vais lui être utile ; mais vous savez que j'ai
plus de bon vouloir que de crédit. Or, mon
désespoir, c'est de voir des personnes que
je voudrais servir et pour lesquelles je ne puis
rien. J'ai assez de ces chagrins-là, chagrins
plus vifs que ne se le figurent ceux qui les
causent : il n'est donc pas besoin d'en augmenter le nombre sans nécessité !

« D'ailleurs, laissez M. Leconte agir ;
après avoir frappé aux portes des grands
seigneurs de notre littérature, il fera comme

ont fait tant d'autres, qui sont descendus
des lords Byron jusqu'au vieux chansonnier,
dont la porte s'ouvre beaucoup plus facile-
ment que celle des salons de nos grands
hommes. J'aime à voir votre enthousiasme
pour cette belle muse égarée dans notre ca-
pitale. Vous avez un noble cœur, et c'est pour
cela que je vous estime tant.

« A vous.

« BÉRANGER.

« 19 février 1846. »

Je parlerai maintenant d'une petite mys-
tification dont nous nous occupâmes pendant
huit jours, à la suite d'une longue conversation sur Chénier. Béranger prétendait que
ce poëte n'existait pas, et soutint que tous
ses vers avaient été écrits par Henri de Latouche. Mademoiselle Judith demanda alors
comment il se faisait que les inspirations
publiées sous le nom de Latouche lui-même
fussent si médiocres. J'ajoutai que j'avais
vu la jeune *Tarentine* imprimée dans un al-
manach poétique, antérieur à la grande ré-

volution. Béranger se fâcha, il soutint son
système pendant plusieurs heures, avec une
incroyable ténacité. Quelques jours après, il
recevait par la poste une lettre signée d'un
nom inconnu. Le rédacteur de cette épître
affirmait qu'en faisant des recherches en Angleterre, dans la bibliothèque Cottonienne,
il avait retrouvé une poésie de Chénier, un
ïambe, dont il envoyait à Béranger la copie
exacte. Il ajoutait que Chénier avait sans
doute écrit ce morceau en Angleterre, pendant son voyage avec M. Trudaine, et qu'il
serait temps de le publier dans ses œuvres,
en dépit de quelques imperfections. Béranger nous fit voir cette éloquente imprécation
qui mérite d'être conservée ici :

A L'ANGLETERRE.

I.

Parmi les nations que sur ce globe immonde
Dispersa le souffle de Dieu,
Il est un peuple vil, écumé sur le monde,
Et couché dans un sombre lieu,

Où l'air manque aux poumons et le pain aux entrailles,
 Dans un repaire infect et creux,
Où l'on entend rugir les hideuses batailles
 D'hommes qui se mangent entre eux !
Ce peuple est un lépreux dont l'aspect blême effraie,
 Quels que soient ses riches abords,
Et le flot incessant qui vient laver sa plaie
 Porte la peste aux autres bords !
C'est un lâche sans foi, que son orgueil enrage,
 Qui ne frappe que dans le dos
Ceux qui fuient effrayés la face de l'orage,
 Et mouillent l'ancre dans ses eaux.
Gorgé de l'or qu'il vole aux quatre bouts de l'onde,
 Il paye ou vend chaque forfait,
De sorte qu'il n'est pas un crime ignoble au monde
 Qu'il ne conçoive ou qu'il n'ait fait.
C'est un père sans cœur, un égoïste infâme,
 Il est jaloux de ses enfants !
Fou féroce, il les broie avant qu'il les diffame
 Du poids de ses pieds triomphants,
Et plus Dieu leur a fait présent de dons célestes,
 Plus il étoile leurs beaux fronts,
Plus ce père damné couvre et salit leurs restes
 De la bave de ses affronts !
Or, ce cancer vivant, que de sa morne haleine
 Entretient un vent empesté,
Ce mal honteux qui ronge et jette la gangrène
 Dans le sein de l'humanité,
Ce peuple de malheur, exécré de la terre,

Ce vautour hors du nid penché,
Le voilà, voyez tous, frères, c'est l'Angleterre,
Fille du diable et du péché !

II.

Debout, et que le fer morde et creuse la pierre,
    Roidis tes bras, pâle ouvrier !
Presse ce cœur qui bat ! détourne ta paupière
    Du fils que la faim fait crier.
Va ! le travail est là qui hurle sans relâche,
    Car c'est un travail rude et fort,
Il s'agit de tailler en quelques coups de hache
    Un large trône pour la Mort !
Debout, soldat ! choisis un bon glaive qui tue,
    Et cloue à la gorge les cris,
Et fasse d'un corps d'homme une informe statue
    Dont l'oiseau ronge les débris ;
Puis, dans ton autre main prends une torche rouge,
    Qui consume vivant et mort,
Comme on fait sans pitié, retranché dans son bouge,
    D'un chien enragé qui vous mord.
Debout, poëte, aussi ! voici l'heure de fête,
    L'heure du combat tout-puissant ;
Si tu veux exhaler un hymne de prophète,
    Trempe ta lyre dans le sang !
Toi qui pétris le bronze, ô grave statuaire,
    Cesse d'emplir les Panthéons,

Et fais, au lieu de dieux, surgir du sanctuaire
    L'airain qui se torde en canons !
En bons canons bien lourds, dont la gueule soit large,
    Le ventre de poudre infesté,
Et qui puissent fouiller une sanglante marge
    Dans le livre d'humanité !
Debout, enfant ! debout, noble fille du brave !
    O mère du brave, debout !
Allons ! dressez-vous tous, courez comme la lave
    Qui jaillit du volcan qui bout !
Race héroïque, allez ! la peur avec le crime
    Sont là cachés dans l'Océan,
Mais il s'entr'ouvrira quelque chemin sublime
    Devant votre courroux géant,
Et lorsque l'hydre aura de ses mille vipères
    Rassemblé l'essaim voyageur,
Sur la mère et ses fils, couchés dans leurs repaires,
    Faites peser un pied vengeur !
Grands exterminateurs que le monde a pour maîtres,
    Rugissez donc, ô mes lions,
Et balayez d'un coup l'antre hideux des traîtres,
    Comme la paille des sillons !
Puis, sur le sol sanglant où vécut l'Angleterre,
    Comme sur les os d'un bandit,
Écrivez franchement en face de la terre :
    « Ici dort un peuple maudit ! »

Naturellement, il ne pouvait pas être question d'attribuer à André Chénier un

morceau qui porte à un si haut point le caractère de la facture moderne, et qui contient même une allusion à Byron. Chacun
fit ses conjectures; l'un de nous crut re-
connaître, dans le manuscrit, une sorte
d'écriture usitée en Bretagne, et, en effet,
la profondeur de haine exprimée dans cette
malédiction sauvage ne pouvait venir que de
l'un de ces ports de mer où règne une aver-
sion invétérée contre les Anglais; mais
toutes nos conjectures furent inutiles, et,
sans oublier cet ïambe vigoureux, nous finî-
mes par ne plus chercher le nom de l'auteur.

Comme on l'a déjà vu, nos soirées n'é-
taient pas purement littéraires, on s'y occupait aussi du prochain, et j'ai servi plus
d'une fois d'intermédiaire à Béranger, pour
ses dons charitables, dont mademoiselle
Judith réglait la mesure, ce qui était sage,
car le bon chansonnier aurait donné toute
la maison. « Courez à Ville-d'Avray, me
dit-il un jour, dans la rue de Saint-Cloud,

au numéro 20. Il y a là un poëte hongrois
qui doit mourir de faim. Il ne m'a rien de-
mandé, mais vous le forcerez à accepter les
cent francs que voici. » Je fis la commission.
Le poëte hongrois refusa, et Béranger remit
l'argent dans sa poche, avec autant de mauvaise humeur qu'un autre aurait mis à l'en
tirer.

Quand on connaît de pareils traits, on
comprend le mot de M. Cousin : « En quit-
tant la vie, Béranger m'a édifié ; sa mort a
été celle d'un saint. »

V

Les réunions de la rue Vineuse ne restè-
rent pas longtemps ce qu'elles avaient été.
Un événement déplorable vint les attrister,
en nous enlevant notre plus aimable com-
pagnon. Henri Laurent alla mourir à Douai
d'une fièvre typhoïde. Tous ses amis le re-
grettèrent amèrement, car son intelligence
promettait de produire de beaux fruits, et,
pendant bien longtemps, Béranger, Lamennais et moi, nous nous entretînmes de sa
mort comme si elle n'eût été qu'un rêve.

Voici les deux lettres que je reçus, dans cette
circonstance, de mes deux illustres amis.
La teneur de chacune d'elles peint le caractère de l'écrivain.

« Mon cher Thalès,

« Nous sommes aussi surpris qu'affligés
de la triste nouvelle que vous nous donnez,
et qu'un billet de faire part nous a encore
confirmée peu d'heures après votre lettre.
Quelle était donc la maladie de notre pauvre
jeune ami? Rien n'avait pu faire présager
une fin si pompte. Combien sa famille doit
être dans la douleur! Car ses qualités, son
caractère aimable, les espérances qu'il donnait, tout doit concourir à augmenter les
regrets qu'il laisse et que je ressens bien
vivement, je vous assure, moi qui pourtant
suis habitué à voir mourir. Mais mourir si
jeune! Mourir quand on a tant à faire pour
les autres qu'on a eu à peine le temps d'aimer. C'est aux gens de mon âge de déguer-
pir. Nous ne sommes plus bons à rien; le
monde a tiré de nous tous les services qu'il

pouvait en attendre. Mais vous autres enfants, que d'espoir repose sur vos têtes ! Si
vous remplissez tous les devoirs qui vous
sont imposés, c'est tout au plus si vous aurez le temps de nous mettre en terre : vivez,
vivez donc, et essuyez vos larmes qu'un ami
vous coûte.

« Je vous croyais à Meudon, mon cher
philosophe ; mais votre lettre m'apprend que
vous êtes souffrant à Paris. Avant de retourner à la campagne, où je vais passer quelques jours, j'irai savoir de vos nouvelles.

  « A vous de cœur.

    « Béranger.

 « 29 juin 1844. »

« J'étais bien loin de m'attendre, mon
cher monsieur, au cruel événement que vous
m'annoncez. J'espérais beaucoup, au contraire, pour notre pauvre jeune ami, du repos, de la belle saison et des soins si doux
d'une mère. Mais Dieu avait marqué son
terme. Il l'a enlevé à bien des maux, et les

plus à plaindre ne sont pas ceux qui s'en vont de bonne heure. Tâchons du moins, avant de partir, de nous faire un pécule de voyage, d'actions, de travaux utiles à nos frères, de bons désirs, si nous ne pouvons mieux. Je vous recommande le courage : il en faut dans la vie, mais c'est la foi qui le donne. Venez me voir quand vous pourrez disposer d'un moment, et croyez toujours à ma tendre et sincère affection.

« F. LAMENNAIS.

« Samedi, 29 juin 1844. »

Cette mort cruelle apporta un changement dans nos habitudes chez Béranger. Je cessai de venir m'asseoir à sa table, où les convives gardaient la même gaieté, bien qu'un d'entre eux fût absent. Ce rapide oubli des morts me remplissait de tristesse.

« Je ne vous accuse pas, dis-je un jour à Béranger, vous avez vu trop de gens disparaître pour ne pas regarder la mort comme une des conditions nécessaires de la vie; mais donnez-moi une heure à laquelle je

puisse vous visiter sans rencontrer d'étrangers entre vous et moi. On ne peut plus vous
aborder. Votre maison est une tour de Babel
où entre qui veut.

— Je redoute encore plus que vous, me
répondit Béranger, les gens qui m'assiégent.
Je ne parle pas de ceux qui ont besoin de
ma bourse, elle leur sera toujours ouverte;
mais ceux qui fréquentent ma maison par
vanité me prennent mon temps et m'empêchent de travailler. Ne me rendez pas visite
dans la matinée; ces heures sont réservées
pour ma correspondance et pour recevoir
Lamartine, qui vient tous les jours. Mais venez me prendre dans l'après-midi, vers une
heure, Judith vous introduira incognito, et
nous nous sauverons à travers champs jusqu'au bois de Boulogne. Ne craignez pas de
me déranger; j'aime, comme vous, les lon-
gues courses; elles me sont nécessaires. »

Profitant de la permission qui m'était
donnée, je venais chercher Béranger deux
ou trois fois par semaine, et nous nous

G

rendions le plus souvent à la Mare d'Au-
teuil, sur un des bancs de laquelle s'asseyait
Béranger pour parler à son aise. Ce sont là
les plus heureux moments de ma vie.

La conversation de Béranger offrait un
charme inexprimable. Elle était à la fois
spirituelle et instructive. Comme il avait
connu tout le monde, il avait une foule
d'anecdotes à raconter, et en même temps
sa grande expérience de la vie lui faisait en-
tremêler de maximes morales les satires qu'il
lançait contre la société. J'aimais surtout à
le faire parler sur la philosophie et sur la
poésie, afin de voir comment un homme
privé d'éducation classique pouvait se rendre
compte des procédés de l'intelligence. Doué
d'une éloquence intarissable, il causait de
toutes choses, mêlant les paradoxes aux vé-
rités, jugeant les écrivains et les hommes
politiques, racontant sans cesse les événements de sa vie et sautant d'un sujet à un
autre, sans que je songeasse à me plaindre
du défaut de transition. En me souvenant

du charme de ces entretiens, je pense que la
nature devrait bien, puisqu'il lui faut une
certaine somme de mortalité, enlever de la
terre tant de créatures inutiles ou stupides
qui l'encombrent, et prolonger à leurs dé-
pens l'existence des grands hommes pendant deux ou trois générations. Mais les
plaintes sont inutiles : le monde n'est qu'un
vaste cimetière où les hommes tombent tour
à tour frappés par la mort, soit qu'ils
aient végété comme de vils animaux, soit
qu'ils aient rempli une noble tâche, et le
torrent de l'oubli les entraîne vers le néant,
laissant à peine surnager quelques noms,
qui disparaîtront à leur tour, quand la terre
elle-même verra venir son heure et se dis-
persera dans l'espace.

Malheureusement, ces promenades charmantes devaient peu durer. Béranger, constamment assailli par les visiteurs et les
parasites, ne savait comment se préserver
d'eux. Judith faisait bien sa grosse voix
pour défendre la porte ; mais le poëte, qui

avait un faible pour ses admirateurs, les
laissait rentrer par la fenêtre. Comme il
voulait cependant travailler à son *Dictionnaire biographique* d'une manière assidue,
il imagina de se retirer à Versailles, rue de
l'Orangerie, nº 10, en faisant louer l'appartement sous le nom de Judith (mademoiselle
Frère). Il voulut bien me permettre de le
visiter dans cette retraite, où il jouissait
avec bonheur de la campagne et de la solitude.

Quelquefois j'allais prendre Lamennais ;
tout le temps que roulait le chemin de fer,
le célèbre écrivain et moi nous disputions
avec acharnement sur la philosophie de l'histoire : Lamennais, qui ne pouvait souffrir la
contradiction, entrait en fureur ou tombait
dans un silence acharné ; mais je m'embar-
rassais peu de sa mauvaise humeur, et je ra-
nimais la conversation pour tirer un profit
intellectuel de ces relations bizarres. C'est
à ce moment que j'ai pu juger à fond M. de
Lamennais. Jusqu'alors j'avais ressenti pour

lui cette vague admiration qu'éprouvent les jeunes gens pour les hommes consacrés ; lorsque je l'étudiai de plus près, je vis que c'était un écrivain passionné, mais sans idées. Il est vrai que, pour le juger, j'avais un point de comparaison qui lui était très-défavorable, car je passais à ce moment toutes mes soirées avec le philosophe le plus éminent du xixe siècle, Auguste Comte, dont l'athéisme n'est qu'une folie sans liaison avec sa doctrine scientifique, mais ne doit pas empêcher de rendre justice à ses prodigieuses facultés.

Dès notre arrivée à Versailles, Béranger nous emmenait soit dans le parc, soit dans le bois de Satory. Je choisissais pour rôle le silence, me plaisant à voir les deux vieillards s'acheminer côte à côte, pendant que les arbres agitaient sur leur tête leurs larges ombres. Auprès de Béranger, je l'ai déjà dit, Lamennais était un autre homme. La douce philosophie du chansonnier, l'influence bienfaisante de la nature le transformait ; il ou-

bliait son rôle de fiévreux pamphlétaire, et
son regard prenait une expression d'un
mysticisme étrange. C'était le Lamennais
avorté qui renaissait alors en lui, le Lamennais fait pour aimer et penser, et non
l'athlète sauvage qui évaporait sa force en
inutiles clameurs. « Vois, me disais-je en
marchant derrière mes deux amis, combien
l'homme et la nature diffèrent ; la vieillesse a
flétri ceux-ci de sa main pesante, elle a
couvert leur front de rides et obscurci leur
regard, tandis qu'elle, au contraire, est toujours jeune et belle ; plus heureux que
l'homme, l'arbre retrouve sa fraîcheur avec
chaque printemps ; lors même qu'il va mourir, il est beau encore. Mais aussi la nature
suit toujours une même voie ; ces transfor-
mations se répètent impassibles sans subir
de changement dans le cours des siècles,
tandis que l'homme, cette créature faible et
misérable, bouleverse à son gré les gouver-
nements et les empires ; la plus violente
éruption n'aboutit qu'à jeter dans la mer

quelques quintaux de lave, pendant qu'une
ligne d'un Luther ou d'un Lamennais change
la face du monde. »

VI

Béranger revint bientôt à Paris, en dépit
de son *Dictionnaire biographique*, et la vérité
est qu'on n'a rien perdu, en ne possédant pas
un semblable ouvrage ; car dès l'année 1856,
c'est-à-dire un an avant sa mort, l'illustre
chansonnier avait déjà la tête un peu en désordre, et il est impossible que ses manuscrits n'aient pas offert la trace de ce déran-
gement intellectuel.

Mademoiselle Judith fut plus ferme ; elle
garda sa tête jusqu'au bout, menant toujours

la maison de Béranger, mais n'ayant plus
que quelques amies, parmi lesquelles je citerai madame Dubois d'Avesnes, madame
Falkenberg, madame Redouté, dont le gen-
dre est attaché à la vénerie de l'Empereur,
et mon excellente mère.

Nous possédons le seul portrait qui existe
de la promise de Robespierre, mademoiselle
Éléonore du Play. Mademoiselle Judith
ayant exprimé le désir de voir ce tableau,
ne voulut pas me donner la peine de le
transporter ; c'est ainsi qu'elle se lia avec
ma mère, en lui rendant visite. Toutes
deux avaient d'ailleurs le même esprit vol-
tairien. Ma mère vint à son tour à Passy, et
comme elle brodait fort habilement, ce fut
son privilége d'offrir tous les ans à Béranger
une calotte grecque pour sa fête, attention
que Judith reconnaissait par des paroles af-
fectueuses.

La compagne du chansonnier avait beaucoup de finesse, et étudiait les moindres
nuances de l'intérieur. Lorsque je fus

chargé, en 1855, d'offrir à Béranger l'album
hongrois, publié à Pest par M. Kertbeny,
en annonçant au chansonnier qu'il était populaire dans toute la terre magyare, je le
trouvai d'assez mauvaise humeur, deux jours
après mon offrande, et j'entrai chez Judith
pour m'éclairer.

« — Vous l'avez fâché sans le vouloir, me
dit-elle. Bien qu'il ne sache pas l'allemand,
en parcourant les notes de l'album hongrois,
il a aperçu, en caractères gothiques, le nom
de Hugo, celui de Lamartine, celui de Bar-
bier, et il n'a pas vu le sien.

« — C'est une rencontre fortuite, répon-
dis-je ; Béranger est aussi connu en Hongrie
qu'en France, car la Hongrie possède, avant
toute chose, le sentiment national ; elle a
de plus, comme la France, un côté jovial
dans le caractère, et aime mieux la verve
facile des courtes poésies que le galimatias
sublime des rhéteurs. »

Traduites en langue magyare par plusieurs
hommes de talent, les principales chansons

de Béranger ont pénétré dans le sein de la nation, où elles ont éveillé des échos sympathiques.

Un écrivain hongrois, Jean Vajda, a adressé, en 1849, à Béranger un chant politique dans lequel il l'invite à venir vivre sur le sol magyar, le seul qui connût encore la liberté. D'autres poëtes du même pays ont honoré Béranger d'une manière différente, en s'inspirant de ses poésies, non pour le fond des idées, mais pour les procédés de composition. Parmi les œuvres d'Alexandre Petocfi, tué à l'âge de vingt-six ans en combattant les Russes, et l'un des plus grands poëtes du xixᵉ siècle, on trouve des chansons composées dans la manière de Béranger.

Tous ces témoignages, mis sous les yeux du célèbre chansonnier, charmèrent Judith, qui avait une susceptibilité égale à celle de Béranger.

On se demande pourquoi Béranger, qui la respectait autant qu'il l'aimait, et qui, par un sentiment de convenance, ne la tu-

toyait jamais, ne l'épousa pas dans les der-
niers temps de sa vie. Sans doute il craignait
que ce thème : *Béranger est marié*, ne four-
nît un sujet d'inspiration trop abondant aux
chansonniers; mais la profonde estime qu'il
avait pour sa compagne, estime visible aux
yeux de tous, est attestée publiquement par
une lettre au directeur de *l'Assemblée nationale*, journal qui avait prétendu que Béranger venait de se marier : .   .

A Monsieur le Rédacteur en chef de l'*Assemblée nationale.*

« Monsieur,

« Vous avez l'oligeance de m'envoyer
votre journal depuis le 1er juin ; mais je
dois au hasard de lire votre numéro du
30 mai.

« On y assure que je viens de me marier,
que j'ai épousé ma servante, et que tout
Passy a été l'heureux témoin de la noce.

« Parmi toutes les nouvelles fausses qui
enrichissent nos journaux, il n'en est pas

qui ait pu me surprendre plus que celle-là.
Si l'article n'intéressait que moi, je laisse-
rais courir cette nouvelle, même à Passy,
qui ne se doute guère du plaisir que lui a
procuré ce prétendu mariage *in extremis.*

« Mais il faut que vous le sachiez, monsieur, la personne que votre collaborateur
désigne comme ma servante, et dont il donne
même le nom, ce qui ajoute à l'inconvenance
d'une telle fable, est une amie de ma première jeunesse, à qui je dois de la reconnaissance. Plus favorisée que moi par sa
position de famille, il y a cinquante ans
qu'elle rendait à ma pauvreté bien des petits
services d'argent. Pour me rendre service
encore, lorsque tous deux nous touchions
à la soixantaine, elle voulut bien se charger
de tenir mon premier ménage, que me for-
çait de prendre une tante infirme dont je
voulais soigner la vieillesse.

« Vieux amis qui ne nous étions jamais
perdus de vue, nous ne nous doutions guère
alors que nos cent seize ans réunis sous le

même toit fourniraient matière aux médi-
sances du feuilleton, et la vieille demoiselle
était loin de penser, toute modeste qu'elle
est, qu'en la voyant établir autour de moi
une économie indispensable à tous deux, on
la prendrait pour la servante du logis, ce
qui, après tout, n'eût blessé ni ses sentiments démocratiques ni les miens.

« Je ne croyais, quant à moi, son nom
connu que de nos amis communs et de quelques indigents. Grâce à votre collaborateur,
monsieur, ce nom est arrivé aux oreilles du
public; c'est pourquoi je suis contraint de
faire connaître celle qui le porte.

« Vous jugerez donc, je l'espère, l'inser-
tion de ma lettre juste et nécessaire pour
détruire l'effet d'un article que je regrette
de n'avoir pas connu plus tôt. Je ne me
plains pas de l'esprit qui l'a dicté en ce qui
me touche; mais je crois de mon devoir
d'apprendre à vos lecteurs que ma vieille
amie a toujours eu trop de bon sens pour
avoir désiré jamais d'être la femme d'un

pauvre fou qui a mis son bonheur en chansons et livré sa vie à la discrétion des jour-
nalistes.

« D'après différentes anecdotes inventées
sur mon compte, et aussi vraisemblables
que celle de mon prétendu mariage, je con-
clus, monsieur, qu'il y a de ma faute dans
tout cela.

« Malgré mon amour de la retraite, le
désir d'obliger m'a fait recevoir trop de visiteurs. Jusqu'à ce que la délicatesse et le
bon goût empêchent de franchir les murs
dont la loi, dit-on, entoure la vie privée, il
nous faut, je le vois, fermer bien notre
porte. Désormais, je vais mettre un verrou
à la mienne, et j'aurai l'obligation d'un peu
plus de repos à votre spirituel feuilletoniste.

« Remerciez-le donc de ma part, monsieur, et recevez, je vous prie, l'assurance
de ma considération distinguée.

« Votre très-humble serviteur.

« BÉRANGER.

« Passy, 5 juin 1848. »

Tourmentée depuis longtemps d'un squir-
rhe, mademoiselle Judith commença à lan-
guir au mois de mars 1857, et mourut le
8 avril de la même année. Elle avait alors
quatre-vingts ans. Elle s'en alla comme elle
avait vécu, c'est-à-dire en philosophe, sans
vouloir accueillir un prêtre. Béranger, déjà
très-malade, l'accompagna jusqu'à l'église,
non jusqu'au Père-Lachaise, car ses forces
le trahirent.

Mademoiselle Judith Frère laissa à Béranger, par testament, tout ce qu'elle possédait, en le chargeant seulement de distribuer
quelques souvenirs aux amies de sa jeunesse :
madame Vernet eut une broche d'émail
bleu et or ; madame Dubois, une bague en
diamant ; madame Falkenberg, une cafetière
d'argent ; madame Redouté, sa cousine ger-
maine, une tabatière d'or ; mesdemoiselles
Dubois, la garde-robe de Judith.

Mademoiselle Judith a peu écrit. Nous
avons vainement cherché à nous procurer
quelque lettre d'elle qui pût éclairer diffé-

H

rentes circonstances ; il est vrai qu'elle avait intérêt à être discrète, et jamais elle ne parlait des événements de sa longue carrière, ni de celle de Béranger.

Une personne digne de foi nous a assuré avoir vu une lettre dans laquelle Béranger écrit à Judith en la tutoyant, et lui conseille d'accepter un bon parti qui se présentait pour elle ; mais Judith, fidèle à son amour pour Béranger, refusa de se marier.

On m'a assuré également qu'un amateur possédait une correspondance écrite par Béranger à mademoiselle Judith, correspondance dont un libraire avait offert cinq mille francs. Si le fait est vrai, il est difficile d'admettre que cette correspondance ait passé dans les mains du premier possesseur, par des moyens réguliers. En effet, elle devait être dans les mains de Béranger, à qui Judith avait légué tout ce qu'elle possédait, et, par son testament, Béranger ordonna qu'on détruisît toutes les lettres, tous les

manuscrits et autres papiers trouvés chez
lui à l'heure de sa mort.

M. Perrotin, son éditeur et son légataire
universel, exécuta rigoureusement les vo-
lontés du chansonnier. Il détruisit ainsi
une correspondance extrêmement précieuse,
où figuraient des lettres de Gœthe en français, et de toutes les célébrités qui ont
passé en Europe, depuis la première moitié de
ce siècle. Si les lettres de Béranger à Judith
existent, comment a-t-on pu les soustraire à
l'auto-da-fé ? C'est ce que nous ignorons.

VII

Mademoiselle Judith avait eu trop d'influence sur Béranger, elle avait partagé trop complétement sa vie, elle avait pénétré trop profondément dans son existence, pour ne pas l'entraîner avec elle dans la tombe.

Trois mois après le décès de sa vieille amie, Béranger mourait aussi, sans tenir à la vie, car la disparition de sa compagne lui avait enlevé tout désir de rester encore sur la terre.

On sait comment Béranger fut regretté

La nation entière fut frappée au cœur. Je me rappelle encore avoir vu, rue Sainte-Placide, le lendemain de la mort de Béranger, des hommes et des femmes du peuple assemblés autour d'un joueur d'orgue qui chantait une complainte sur l'illustre chansonnier. Tous pleuraient à chaudes larmes; et pourtant, parmi eux, pas un peut-être n'avait jamais vu l'auteur du *Cinq mai*. Un chansonnier a dit : « N'a pas qui veut le peuple à son convoi. » En effet, de grands génies s'éteignent sans que la foule les regrette, sans qu'elle sache même qu'ils ont existé. C'est qu'ils écrivent pour la gloire de leur propre intelligence, tandis que Béranger était dévoué, avant tout, à la nation, et, dans la nation, au peuple. Celui-ci donna au chansonnier la seule chose dont il disposât, douze heures de travail. Le lendemain de la mort de Béranger, les ateliers chômèrent, et le peuple resta attroupé au coin des rues, dans la douleur et dans la consternation. Depuis lors, les regrets n'ont pas cessé, comme on le voit par le nom de Béranger donné à différents lieux dans Paris, ou inscrit sur des salles qui servent à des réunions joyeuses.

Mademoiselle Judith, la compagne de Béranger, a fait moins de bruit sur la terre. Elle a passé sans qu'on s'inquiétât de rechercher son caractère, et je crois être le seul poëte français qui ait associé son nom à celui du chansonnier, en lui consacrant quelques vers :

Henri fut le premier qui déploya son aile ;
    Après lui, Lamennais
Voulut savoir s'il est une terre nouvelle
    Où règne enfin la paix.
Judith partit bientôt, Béranger, sans t'attendre,
    Et, vaincu par sa mort,
Ton cœur découragé ne voulut rien entendre,
    Tu cessas d'être fort.
Ton esprit robuste attiré vers sa tombe
    Ne languit pas longtemps,
Et tu t'en fus vers elle, ainsi qu'une colombe
    Qui cherche le printemps [1].

[1] *Poésies mystiques*, p. 134.

Il est vrai que si l'on n'a pas consacré de
biographie particulière à la pauvre Judith,
si elle a dû se contenter de quelques mots
bienveillants écrits par Lamartine, en re-
vanche la popularité n'a pas manqué à la
Lisette de Béranger. On a fait un vaudeville
sur un personnage imaginaire, et un chansonnier connu, Frédéric Bérat, qui obtint,
par la protection de Béranger, un pétit em-
ploi dans la compagnie du gaz, crut prouver
convenablement sa reconnaissance en écrivant *la Lisette de Béranger*, chanson dans
laquelle il suppose, conformément aux don-
nées de *la Bonne Vieille,* que Lisette a sur-
vécu au chansonnier.

Jusqu'ici, il n'y a rien à dire, mais faites
attention au dernier couplet :

> Un jour, enfants, dans ce village,
> Un marchand d'images, passant,
> Me proposa (Dieu l'envoyait, je gage)
> De Béranger un portrait ressemblant.
> J'aurais donné jusqu'à mes tourterelles :
> Ces traits chéris, je les vois tous les jours.

Hier, encor, de pervenches nouvelles,
De frais lilas, j'ai fleuri mes amours.

Ce n'est pas la poésie que nous attaquons
dans ce couplet, car personne ne s'attend à
rencontrer un chef-d'œuvre dans une chanson des rues, mais il faut un grand degré
d'inintelligence, pour supposer que la Lisette
de Béranger, celle qu'il honora d'un tendre
amour, à laquelle il consacra sa célébrité,
attendait, pour posséder le portrait de Béranger, portrait répandu en France à cent
mille exemplaires, qu'un colporteur passât
dans son village, et lui vendît une image co-
loriée en rouge et en bleu comme les es-
tampes d'Épinal !

Voilà ce que devient la poésie populaire
entre les mains de ceux qui, n'ayant pas reçu
une éducation complète, ont cependant perdu
l'instinct auquel le peuple doit tant de
compositions charmantes. Il faut, pour la
poésie, ou un génie primesautier qui se
mêle avec la nation en épousant exclusive-

ment ses impressions, ou une intelligence large, fécondée par une vaste érudition. Tout l'entre-deux ne vaut rien, et c'est pourquoi la plupart de nos chansons populaires sont si médiocres. Heureusement, les mauvais vers passent, tandis que les bons subsistent toujours. Ceux de Béranger n'auront pas le seul avantage de l'immortalité du génie, et contribueront à éterniser le caractère du poëte. Dans notre chansonnier, ce n'est pas l'artiste seul qui persiste, c'est Béranger tout entier : il est immortel, et Judith est immortelle aussi.

FIN.

ACHEVÉ D'IMPRIMER
Le 25 Janvier 1864

Aux frais de

Mme BACHELIN-DEFLORENNE

Libraire-Éditeur

PAR BONAVENTURE ET DUCESSOIS

www.ingramcontent.com/pod-product-compliance
Lightning Source LLC
Chambersburg PA
CBHW060821250626
47162CB00005B/1886